LIVIA

1 : 1 Disparition

Marie BENSO

Prologue

D'un pas angoissé, elle franchit la porte qui venait de s'ouvrir. Le long couloir qui s'étendait devant elle était parfaitement désert et silencieux. Après s'être assurée que personne ne la suivait, elle s'y engagea.

Elle souffla et tenta de se raisonner. Son comportement depuis quelques jours était parfaitement ridicule ! Elle passa devant plusieurs intersections, ralentissant toujours avant par précaution. Puis, comme pour se donner un semblant de consistance, elle ajusta son uniforme, vérifiant par la même occasion que son soutien-gorge n'était pas trop apparent. Mais sa tenue était déjà parfaite. Le claquement d'une porte résonna dans tout le couloir. Son cœur s'arrêta et, instinctivement, elle pivota tout en plongeant sa main droite dans sa poche où elle serra le manche d'un canif. Un homme venait de sortir de l'une des multiples portes courant le long du couloir. Sentant une présence, il tourna la tête :

— Salut Sandra ! lança-t-il. Tu vas à ton poste ou tu en sors ?

— Heu… en fait… j'y vais.

— Bonne fin de nuit alors ! A plus !

Il s'éloigna. Ses pas résonnèrent longuement dans les couloirs et le silence s'abattit à nouveau. Elle resta un instant immobile, le souffle court. Puis, tâchant de se raisonner, elle se remit en route. Elle franchit une nouvelle porte et arriva devant une immense fenêtre, longue de plus de vingt mètres, qui offrait une vue imprenable sur l'espace. Rien d'autre que des milliers d'étoiles et de galaxies n'était visible. De tous les côtés du vaisseau, rien n'était proche, seulement l'infini vide spatial. Mais elle ne prêtait pas la moindre attention à ce qu'elle pouvait observer dehors. Non. Elle se servait en réalité du reflet de la vitre pour s'assurer que personne ne se trouvait derrière elle. Elle ne remarqua rien de particulier.

Arrivée devant une seconde porte, elle jeta un regard inquiet à la caméra de surveillance qui scrutait les environs, et entra dès qu'elle le put. Tout en faisant nerveusement tourner son petit couteau dans sa main, elle s'engagea. Quelques pas plus loin, elle bifurqua à gauche. A cet instant, elle sentit une ombre surgir derrière elle. Avant qu'elle n'ait eu le temps de réagir, une main vint se plaquer sur sa bouche tandis que le second bras de son agresseur venait la saisir par la taille. Tout en poussant des cris étouffés, elle sortit son canif et l'ouvrit. Un violent coup de pied à l'arrière du genou droit la déséquilibra et laissa à l'homme le temps de la désarmer.

— Arrête ! hurla-t-elle. Au secours !

Alors qu'elle appelait, il l'attrapa par les cheveux, la releva et lui chuchota :

— Laisse tomber. On est seuls.

Il lui remit tout de même sa main sur la bouche, par précaution, et la traîna en arrière. Elle avait beau se débattre dans tous les sens, rien n'y faisait. D'ailleurs, même si elle savait pertinemment qui était cet homme, elle n'avait pas encore eu l'occasion de croiser son regard. Une porte s'ouvrit, et il la précipita à l'intérieur.

Elle roula puis alla se cogner violemment contre une paroi du vaisseau. Un peu sonnée, elle parvint tout de même à se relever. L'homme était déjà sur elle, la saisit à la gorge et l'entraîna un peu plus loin. En suffoquant à moitié, elle remarqua plusieurs petits vaisseaux – des chasseurs – entreposés dans le hangar où elle venait d'arriver. Cette vision l'effraya au plus haut point et elle continua à se débattre de plus belle. Enfin, à moitié inconsciente, elle se sentit à nouveau plaquée contre un mur.

— Je t'avais dit de ne pas jouer à la plus maligne avec moi ! lui susurra une voix au creux de l'oreille.

A ces mots, elle sentit le mur derrière elle coulisser, et elle tomba à la renverse. En toussant, elle se releva. Un coup d'œil à droite, un à gauche, et elle bondit avec beaucoup plus de vigueur que sa condition aurait laissé à penser, tambourinant sur la porte à présent fermée qui la séparait de l'homme qui l'avait agressée. Elle le savait, elle avait reconnu. Elle se trouvait dans un sas de lancement, depuis lequel les chasseurs décollaient. De l'autre côté, l'homme lui lança un regard. Puis, il sortit un badge de sa poche et l'avança. Un bruit mécanique se fit entendre et la porte qui menait à l'espace se mit en mouvement.

Voyant cela, Sandra leva les yeux vers son agresseur et, d'un air de défi, fit lentement glisser l'ongle de son pouce le long de sa gorge. Elle attrapa la rampe de sécurité qui se trouvait à proximité et, alors que sa peau et ses poumons commençaient à la brûler de l'intérieur, tenta d'y rester agrippée le plus longtemps possible. Au bout de longues secondes, la gorge et les yeux enflammés, elle perdit connaissance et ses doigts lâchèrent leur prise. Lentement, le corps flotta en direction de l'extérieur avant d'aller se perdre dans l'immensité de l'espace. Quelques minutes s'écoulèrent et l'homme, qui avait observé toute cette scène sans broncher, ressortit son badge afin de remettre le sas en l'état. Puis, il tourna les talons et partit.

Chapitre 1

A bout de souffle, je retournai mon amant et m'empalai sur son sexe en érection. Je mordis ma lèvre inférieure tout en projetant ma tête en arrière dans un léger râle. Puis, sans cesser mes mouvements réguliers, je revins à moi. En fait non, ce n'était vraiment pas possible ! J'étais en train de sévèrement m'ennuyer. Mais... pourquoi ? Cet homme avait pourtant tout pour lui. Beau, grand, musclé, bien monté... il était même sympathique et agréable à fréquenter alors que je ne lui en demandais pas tant. Pourtant, non. De son côté, il semblait réellement prendre son pied mais moi, pas le moins du monde. La première fois, j'avais cru que c'était parce que je n'étais pas dans un bon jour, ou pour une tout autre raison qui m'échappait. Aussi, j'avais tenu à retenter. Mais non, toujours pas. Et ce n'était pourtant pas faute d'essayer : nous en étions déjà à la troisième fois depuis le début de la soirée. Ses mains courraient sur mon corps. M'attrapant par les hanches, il se redressa et lécha goulûment ma poitrine avant de me faire basculer en arrière.

Plutôt que de rester sur le dos, je le repoussai légèrement et me retournai, m'installant sur mes genoux. Il caressa mes fesses, et me pénétra à nouveau profondément. De mon côté, j'essayais de penser à quelqu'un d'autre. Peut-être qu'une once de plaisir allait naître ainsi. Tiens ! Je remarquai qu'il était déjà 3h20 du matin et que donc, je prenais mon service dans 40 minutes et que... non ! Ce n'était vraiment pas le moment de penser au travail ! Je devais plutôt me concentrer sur quelque chose d'excitant comme... heu... le mec qui m'avait donné un super orgasme deux jours auparavant. Ça avait été terrible. Un moment intense dans l'une des salles de stockage du vaisseau, accentué par le risque que nous avions de nous faire surprendre à tout moment.

Petit à petit, à force de penser à d'anciennes expériences, je me surpris à sentir le plaisir monter. Peut-être que, de son côté, mon amant s'en aperçut car j'eus l'impression qu'il redoublait de vigueur. Les cris que je poussais étaient loin d'être des cris d'extase, mais ils n'étaient plus entièrement simulés. Je sentis sa main s'avancer et remonter entre mes cuisses. Ses doigts glissèrent entre mes lèvres. Je me cambrai en criant un peu plus alors qu'il caressait mon clitoris. A l'intérieur de moi, son sexe gonflait de plus en plus. J'allais réussir à atteindre l'orgasme, sûrement. Mais, alors que j'étais sur le point de jouir, je le sentis se raidir. Il se cramponna à mes hanches et poussa un long râle. Il cessa ses va-et-vient et roula sur le côté. Dépitée, je m'affalai à côté de lui. Cette fois-ci aurait pu bien se terminer, mais non, il avait éjaculé avant que je ne jouisse, alors que je ne prenais mon pied que depuis quelques secondes.

Des ronflements interrompirent mes pensées. Vraiment ? Il dormait déjà ! Bon. Je me levai, son sperme coulant déjà entre mes cuisses, et allai dans la salle d'eau. Je me sentais agacée, un peu. Et frustrée, beaucoup. Après beaucoup de platitudes, il était enfin parvenu à m'exciter, mais m'avait laissée sur ma faim ! Tant pis. Ce n'était pas la première nuit nulle que je passais, et ce ne serait certainement pas la dernière, malheureusement.

Mes vêtements traînaient dans la chambre. Rien de très sexy, simplement mon uniforme. Un t-shirt noir, juste assez décolleté pour mettre en valeur mes seins, et un pantalon kaki, qui moulait mes fesses à la perfection. A croire que cette tenue avait été conçue par un homme désireux de pouvoir observer les attributs de ses collègues ! En tout cas, à moi, il me convenait parfaitement et moulait aussi bien mes formes que celles des hommes que je croisais. Après un dernier coup d'œil sur l'horloge, je sortis de la cabine. Je regardai autour de moi et... mince ! J'étais presque à l'extrême arrière du vaisseau alors que je travaillais tout à l'avant. Super...

Chapitre 2

Au pas de course, je traversai plusieurs couloirs déserts. Par où était-il déjà ? Ah oui ! Après une vague hésitation, j'arrivai devant la porte d'un ascenseur. Mais pas n'importe quel ascenseur. Celui-là permettait de traverser le vaisseau dans la longueur. De jour, il n'était pas particulièrement rapide : trop de gens l'empruntaient et il s'arrêtait trop fréquemment. Marcher était souvent bien plus efficace. Mais là, de nuit, il se révélait très pratique. Enfin... s'il se décidait à arriver un jour ! Un discret tintement résonna, et les portes s'ouvrirent.

J'entrai et m'installai de façon à me trouver face au grand miroir qui recouvrait l'une des parois de l'ascenseur. C'est bon, je n'avais pas une trop mauvaise tête, seulement quelques cernes, ce qui était bien normal à cette heure. Mais il manquait quelque chose. Je remis un peu d'ordre dans les boucles brunes de mes cheveux et sortis un tube argenté de ma poche. Un rouge à lèvres, violet profond pour être précise. De la même couleur que mes sous-vêtements. Car il faut savoir que, dans la vie, j'avais quelques obsessions. Les sous-vêtements et le rouge à lèvres en faisaient partie. Je préférais les accorder sinon... je ne me sentais pas à l'aise. A part ça, j'étais une fille plutôt équilibrée. Je crois.

L'ascenseur fit tout le parcours d'une traite jusqu'à ma destination et j'arrivai au mess, lui aussi parfaitement désert à cette heure de la nuit. Encore un long couloir, puis un second, et je m'arrêtai devant un nouvel ascenseur. Un normal cette fois-ci, qui fonctionnait à la verticale. Je sortis mon badge et m'en servis pour l'appeler. J'entrais à présent dans une zone réservée du vaisseau, ouverte à seulement quelques membres de l'équipage. Dont moi. Bon, en réalité, je n'avais accès qu'au premier étage, pas au second ni au troisième. Mais tout de même, ce n'était pas donné à tout le monde ! L'ascenseur arriva très rapidement et s'ouvrit sur une grande pièce. La lumière y était légèrement tamisée, moins forte que dans les couloirs et les murs étaient tapissés de dizaines d'écrans, certains allumés, d'autres éteints. Deux de mes collègues étaient présents, travaillant visiblement très dur, les pieds sur l'immense bureau qui courrait tout autour de la pièce et des cartes à jouer dans les mains.

— Oliver, Sarah ! Je vois que ça bosse sévère ! leur lançai-je en m'avançant.

— Salut Livia !

Je m'approchai de mon siège, le fit pivoter, et m'affalai. D'une main, j'ouvris un tiroir et tâtonnai dedans. J'en ressortis mon oreillette-micro, un petit engin noir et brillant, muni d'un côté d'un écouteur, et de l'autre, d'une courte tige qui faisait office de micro, et l'installai. Puis, j'allumai les écrans devant moi.

— Bon, bah… c'est pas que je m'ennuie, mais je vais y aller, annonça Oliver en se levant. A plus.

Joignant le geste à la parole, il se dirigea vers l'ascenseur. Machinalement, je lui jetai un coup d'œil tandis qu'il s'éloignait. Son uniforme mettait parfaitement ses fesses en valeur. Ses épaules et la musculature de son dos aussi d'ailleurs ! En plus de cela, il était beau garçon. Grand, brun, les yeux d'un noir profond. Nous avions eu une aventure quelques mois auparavant. Mais cela n'avait pas duré. Se voir au boulot et aussi en dehors, c'était vite devenu lourd. Dommage, car nous passions de super moments tous les deux. Mais bon, pas d'inquiétude, nous avons l'un comme l'autre très bien rebondi après ça !

Mais… je remarque que je ne suis pas présentée ! Je m'appelle Livia Mills et j'ai 25 ans. Il y a 3 mois, j'ai quitté la Terre à bord du Méléagre, l'un des principaux vaisseaux de l'Alliance humaine, pour ma première mission spatiale. Ici, mon travail consiste à m'occuper de la Surveillance, de la Protection et de la Communication. Dans le langage courant, on parle simplement de Contrôle. C'est à la fois simple et complexe. En fait, je le décrierais plutôt comme une multitude de tâches assez différentes. D'un côté, la surveillance. Ce sont les radars. En gros, il s'agissait de vérifier que nous n'allions pas entrer en collision avec un astéroïde ou un autre vaisseau. Puis, la protection, à savoir les boucliers, les brouilleurs et la gestion de l'énergie. Et enfin, la communication. Elle était à la fois interne – le Méléagre possédait son propre réseau téléphonique – et externe, avec les autres vaisseaux et les planètes. En ce moment, nous étions en vol interstellaire. Donc, en fait, à part vérifier que tout fonctionnait et qu'aucun obstacle ne se dressait sur notre route, en bien… il n'y avait rien à faire.

Et ça, c'est en fait ce qui m'avait le plus surpris à bord du vaisseau : le rythme de vie. Notre voyage se déroulait sans soucis, et donc la majorité des deux-mille personnes à bord faisait simplement de la surveillance « au cas où ». De mon côté, j'étais plutôt bien lotie : un local spacieux, en zone réservée. Presque du luxe. Pour d'autres, la situation était bien moins confortable. Les soldats et les artilleurs par exemple. Ils passaient leur journée confinés, à faire du sport à outrance pour se maintenir en forme. Bon, ce n'était pas vraiment pour me déplaire en réalité et côtoyer au quotidien des mecs à la musculature bien dessinée et à la recherche d'activité physique était tout sauf désagréable.

Au moins, avec tout ce beau monde, la moitié de mes attentes lors de mon engagement dans l'Alliance humaine était comblée ! Les aventures. De ce côté, j'étais servie, et plutôt bien. Enfin… exception faite de cette nuit qui avait été plus que décevante, je devais avouer que j'étais largement satisfaite. Il fallait dire que, à bord du Méléagre, nous étions sept-cents femmes pour mille-trois-cents hommes. Autant dire que j'avais l'embarras du choix. Et j'en profitais largement.

Par contre, côté Aventure, au sens spatial, j'attendais toujours. Car, à part le décollage qui avait été délicat à cause d'un transporteur qui était passé un peu trop près et que nous avions failli envoyer dans le décor, il n'était rien arrivé de palpitant. La seule chose qu'il nous était donnée de faire était de parfois dévier de notre trajectoire pour éviter un astéroïde. La dernière fois, il était passé à plus de huit millions de kilomètres. Quel suspense, on avait eu chaud ! Ou pas…

Allez ! Si j'attendais encore un peu, je risquais de piquer du nez. Et il me fallait absolument un café.

— Tu en veux un, Sarah ?

Elle acquiesça. Cette fille était vraiment sympa, j'étais contente de bosser avec elle. Vive d'esprit, drôle, agréable, blonde et très jolie, elle recevait toujours beaucoup de sollicitations de la part des hommes. Pour autant, elle n'était absolument pas une rivale, mais bien une amie ! Comme moi, il s'agissait de sa première mission. D'ailleurs, sur les dix membres de l'équipe du Contrôle, nous étions tous des débutants, à l'exception d'une personne. C'était pareil à bord de tous les vaisseaux d'ailleurs ! Les missions étaient longues – celle-ci allait durer deux ans – et la majorité de l'équipage retournerait à la vie civile à notre retour sur Terre. Moi ? Je ne savais pas encore. Je n'avais rien prévu.

— Alors ? me demanda-t-elle en pivotant son siège. Tu as passé une bonne première partie de nuit ?

— Non… pas vraiment…

— Ah mince ! Qu'est-ce qui s'est passé ?

— Il y avait ce type, là, qui me tournait un peu autour mine de rien depuis quelques jours. Un grand brun, pas mal du tout. Alors, je me suis dit "pourquoi pas ?". On est allé dans sa cabine et puis… c'est tout.

— Comment ça, c'est tout ? Vous ne vous êtes pas envoyé en l'air ?

— Si, si. Mais c'était tellement naze que je n'ai rien à en dire. Du coup, maintenant, je me sens frustrée. Parce que je déteste rester comme ça sur ma faim.

— Bon… Du coup, je suppose que je ne te raconte pas ce qu'on a fait avec Oliver…

Avec un petit rire, je passai ma main sur mon visage en balançant le dossier de ma chaise en arrière.

— Bah, si. Tu en as trop dit ou pas assez là !

— On s'est fait un strip-poker.

— Et qui a perdu ?

— On a perdu tous les deux et… j'avoue que je n'ai pas à me plaindre de ce qui s'est passé ensuite.

— Connaissant Oliver, je veux bien te croire…

— Par contre, c'est ta chaise qui aurait peut-être à en redire.

Je marquai un silence et la regardai d'un air exagérément blasé.

— Tu as eu un orgasme sur ma chaise ?

— C'est possible.

— Je te déteste.

Elle éclata de rire et prit une gorgée de café. Je fis de même. Cette petite discussion m'avait excitée, c'était malin ! J'étais même plus excitée maintenant que toute à l'heure, lorsque je me trouvais à quatre pattes sur le lit de… c'était quoi son nom déjà ?… aucune idée. Bref. Tout en tapotant des doigts sur le bureau, je jetai un coup d'œil à mes écrans. Tiens ! Un petit objet venait d'apparaître en haut à droite de l'un d'entre eux.

— Je crois qu'on a un petit astéroïde, Sarah !

L'analyse automatique se mit en route et, quelques secondes plus tard, le résultat tomba. C'était bien un astéroïde. Et il était petit. Quoi d'autre de toute façon ? Et puis, même s'il venait à s'écraser sur nous, il ne nous ferait pas le moindre début d'une égratignure. Mais, tout de même, il fallait le surveiller. Je tendis le bras et tournai un petit interrupteur.

"Salle de Contrôle à Poste de Pilotage. Nous avons un objet céleste de petite taille, à soixante-quinze millions de kilomètres. Sa trajectoire semble divergente de la nôtre. Maintenez !"

Quelques secondes s'écoulèrent et une voix féminine me répondit :

"Objet céleste divergent, bien reçu. Nous maintenons. C'est toi, Liv' ?"

"Oui. Salut Steph' ! Ça va ?"

"Un peu de speed ici, mais rien de méchant. Et toi ?"

"Je te raconterai…"

"On se voit demain ! Attends deux secondes… Oui ? Ok !… Liv', il faut que je te laisse. A plus !"

"Ciao."

Je retournai l'interrupteur et repris un peu de café. Trois bips stridents faillirent me faire lâcher ma tasse. Qu'est-ce que c'était encore que ce truc ? Mes écrans étaient devenus noirs. Puis, ils se rallumèrent, n'affichant non pas les radars et autres informations, mais me demandant de m'identifier.

— Oh, oh ! Je crois que ton boîtier vient de planter, ricana Sarah.

Chapitre 3

Mon boîtier d'identification ? Mais je n'y avais pas touché depuis des jours ! Je l'attrapai, le débranchai, et le rebranchai. Rien ne changea.

— Je n'y crois pas ! me lança Sarah en s'approchant. Je suis sûre que tu l'as fait exprès. Tu lui as tapé dessus ou quelque chose dans le genre, non ?

Mais non ! Bien sûr que non ! Je ne lui avais rien fait du tout ! C'était à peine si je savais de quelle façon il fonctionnait. Je retentai encore une fois, sans succès. Avec un grand sourire, je me tournai vers ma collègue et, tout en vérifiant le décolleté que me faisait mon t-shirt, attrapai le petit boîtier et me levai.

— Je n'ai pas le choix. Je vais devoir passer à l'armurerie.

— Mais enfin… dis-moi comment tu as fait ! insista Sarah alors que j'appelais l'ascenseur.

— Ce n'est rien d'autre que de la chance, à moins que ce ne soit le karma, lui lançai-je juste avant que les portes ne se ferment devant moi.

Car, vraiment, non, je n'avais rien fait pour que cette situation arrive et oui, il s'agissait là d'une véritable coïncidence. Après tout, peut-être que ma nuit allait se terminer mieux qu'elle n'avait commencé.

L'armurerie était à l'étage inférieur, pas très loin. Arrivée près de la porte, je badgeai au visiophone. Après quelques longues secondes, l'écran s'alluma enfin.

"C'est pour quoi ?"

"C'est Livia, du Contrôle. Mon boîtier d'identification vient de me lâcher."

"Je t'ouvre."

La porte se déverrouilla et j'entrai. L'homme qui m'avait répondu était assis devant son terminal informatique, à quelques mètres de là. Dès que je l'avais vu au visiophone, je l'avais reconnu. Il était celui qui m'avait donné l'un de mes orgasmes les plus mémorables sur ce vaisseau ! C'était peu de temps après avoir quitté la Terre. Pour une raison dont je ne gardais pas le moindre souvenir, j'étais descendue à l'armurerie. Et il était là. Pendant de longues heures, nous avions baisé comme des bêtes, ici même, dans l'armurerie. Sur le bureau, par terre ou en prenant appui contre les missiles entreposés un peu partout, je crois que nous avions exploré les moindres recoins de ce lieu. Malheureusement, je ne l'avais pas recroisé par la suite. Sinon, nul doute que je l'aurais entraîné dans un coin sombre ou une pièce isolée. Mais bon, je n'allais pas lui sauter dessus non plus. Pas tout de suite. Pourtant, mon excitation avait explosé depuis que je l'avais vu sur l'écran du visiophone et, alors que je marchais vers lui, je me sentais devenir de plus en plus humide. Le plus naturellement du monde, je m'assis sur la chaise à côté de lui.

— Tu as parlé du boîtier d'identif... ? commença-t-il en pivotant vers moi.

Il s'interrompit. Son regard courut de haut en bas sur tout mon corps et il esquissa un discret sourire. Visiblement, il devait garder un souvenir de moi lui aussi.

— D'identification, oui, confirmai-je en lui tendant.

— Que faisais-tu quand il a planté ?

— Heu... je venais de passer un message au Poste de Pilotage.

Il eut une petite moue. Il brancha mon boîtier et pianota rapidement sur son clavier. Il se retourna vers moi. Ses yeux étaient fixés sur ma bouche, je les sentais très clairement.

— Dis-moi... tu es la fille qui assorti son maquillage et ses sous-vêtements, je ne me trompe pas, non ?

— C'est possible, pourquoi ?

— Parce que la dernière fois, tu portais du doré, et ça m'avait rendu complètement fou ! Livia, donc. Moi, c'est Hugo, je ne sais pas si tu te souviens.

Ah non, tiens ! Il faisait bien de préciser car son nom m'était bel et bien sorti de la tête ! Et puis, effectivement, je portais du doré cette nuit-là ! Impressionnant qu'il s'en souvienne. Je me redressai un peu, me penchai vers lui et plongeai mon regard dans le sien.

— Je suis absolument certaine de pouvoir te faire aimer n'importe quelle couleur !

— Je n'en doute pas.

Je frissonnai. Ses mains venaient de se poser sur mes genoux. Je continuai à le regarder fixement, tout en écartant mes jambes alors que ses doigts remontaient lentement le long de mes cuisses. Un nouveau frisson me parcourut. Mais pourquoi prenait-il autant son temps ? Ne voyait-il donc pas que toute cette excitation commençait à me rendre complètement folle ? Et ce regard pétillant qui ne me lâchait pas une seconde. Ses mains chaudes caressaient mes cuisses, toujours en direction de mon sexe. Je poussai un léger cri et me trouvai déséquilibrée. Des deux mains, j'attrapai l'assise de ma chaise et m'y cramponnai. Un gémissement m'échappa, alors qu'un long frisson me parcourait tout le corps.

Un "bip" strident résonna dans mes oreilles. Je sursautai légèrement. Hugo s'écarta et regarda son terminal.

— Pour ton boîtier, c'est un problème courant. Tu n'y peux rien, ça arrive parfois. Il suffit que je fasse une réinstallation, et il sera comme neuf. Laisse-moi quelques secondes que je lance le processus et ensuite…

Il pouvait bien continuer à parler, je n'écoutais pas un mot de ce qu'il disait. Je me redressai un peu sur mon siège et m'approchai un peu de lui. Cette fois, c'était moi qui remontais ma main le long de sa jambe. Sauf que je n'allais pas être aussi lente que lui ! Rapidement, j'arrivai à son entrejambe. A mon avis, il devait se sentir à l'étroit. J'avançai encore un peu, et tentai de dégrafer son pantalon. Mais, d'une seule main, je n'arrivais à rien. Bon ! Je ne voyais qu'une seule solution, et elle n'était pas pour me déplaire. Je commençai à glisser au sol et, agenouillée entre ses cuisses, m'avançai vers sa ceinture. Je descendis sa braguette, et pris son sexe entre mes mains tout en continuant à m'approcher un peu plus. Je remarquai avec une certaine satisfaction intérieure que sa respiration s'accélérait. Mes lèvres se posèrent sur son sexe, et il lâcha un léger soupir d'aise. Ma langue parcourut son membre dans toute sa longueur. Puis, je me dirigeai vers son gland et commençai à jouer avec, le léchant ou le

17

gobant goulûment. A plusieurs reprises, je mis son sexe entièrement dans ma bouche, allant jusqu'à le sentir sur le point d'exploser.

Hugo se pencha vers moi. Sa main se posa sur mes cheveux et je l'entendis me souffler à l'oreille :

— J'ai envie de te baiser.

Je me reculai un peu. Il me fixait intensément tout en se caressant du bout des doigts. J'enlevai mon t-shirt, puis mon pantalon, dévoilant ainsi mes sous-vêtements qui, comme il l'avait supposé, étaient violets, assortis à mon rouge à lèvres. Hugo avait lui aussi profité de ce moment pour se déshabiller. Le membre dressé, il se dirigea vers moi et retira mon soutien-gorge et mon shorty qui tombèrent négligemment à mes pieds. Il m'entraîna vers son bureau tout en me soulevant par la taille. Je m'enroulai autour de ses hanches, et sentis son sexe me pénétrer profondément. Je gémis, fermement accrochée à son cou, et fus prise d'un léger tremblement. Il me déposa sur la table et passa mes jambes par-dessus ses épaules. De justesse, j'évitai de tomber à la renverse en m'agrippant à sa nuque. Chacun de ses coups de reins m'arrachait un gémissement de plus en plus puissant. Ma vue commençait à se voiler. Je n'étais plus loin de l'orgasme, je le savais. Il suffisait juste qu'il continue un peu, un peu plus vite, exactement comme il le faisait déjà et… Un long frisson me parcourut le corps. Je manquai de basculer en arrière mais une main puissante me retint. Un second frisson, et je le sentis jouir en moi.

Essoufflée, je pris appui sur mes mains et rejetai ma tête en arrière tout en retirant mes jambes de ses épaules. Je frissonnai de nouveau. Alors qu'il était toujours en moi, Hugo venait de faire passer son doigt sur mon clitoris. Encore ! Je me mordis la lèvre inférieure et l'entendis sourire.

— Tu ne pensais tout de même pas qu'on avait déjà fini ? demanda-t-il en recommençant une troisième fois.

Non ! Bien sûr que non ! Je me souvenais très bien de ce qu'il était capable de faire, et de tout ce qu'on avait fait à notre précédente – et unique – rencontre. J'aurais été déçue de ne sortir d'ici qu'avec un seul orgasme. Je me redressai et le regardai :

— Ça ne m'a pas traversé la tête une seule seconde.

— Tant mieux !

J'esquissai un petit sourire en coin. Son sexe glissa à l'extérieur du mien, et pourtant il ne bougea pas. Il restait là, entre mes jambes, à caresser mes seins, mes cuisses, frôlant par moment mon sexe avec plus ou moins d'insistance. Je m'assis devant lui et constatai que son membre commençait déjà à rebander. Il m'attrapa par la taille et me descendit du bureau.

— Je te refais faire un tour de l'armurerie, ou tu te souviens de ce à quoi ça ressemble ?

« En fait, j'en ai strictement rien à faire de l'armurerie. C'est juste des allées de missiles, rien de spécial. On ne peut pas juste s'envoyer en l'air ? »

— L'armurerie… pourquoi pas ! On peut bien aller y refaire un petit tour !

Il m'entraîna vers une salle annexe. Bon bah oui, c'était une armurerie. Pas la peine d'en faire toute une histoire ! Bref.

Hugo n'alluma pas les lumières, trop aveuglantes. Les petits spots rouges disséminés ici et là suffisaient largement et offraient un éclairage plutôt sensuel. Il se glissa derrière moi, et m'enlaça.

— Alors, par là, ce sont les missiles des chasseurs…

« Sérieusement ? Tu penses vraiment que je t'écoute ? »

En fait, la seule chose qui retenait mon attention était son sexe que je sentais durcir entre mes fesses, et qui m'excitait de plus en plus. Je me retournai vers lui, et le fis tomber à la renverse. Puis, je m'installai à califourchon, et me penchai au-dessus de lui :

— Hugo, sincèrement, le seul missile qui m'intéresse, c'est le tien. Tu ne m'impressionneras pas avec tous ceux-là ! Ok ?

Quoiqu'un peu décontenancé sur le coup, il se reprit rapidement, éclata de rire et attrapa mes seins à pleine main :

— J'adore les filles qui savent ce qu'elles veulent… surtout quand c'est du sexe.

Il tenta de me faire basculer sur le côté, mais remarqua vite que mes jambes le bloquaient. Bon, je n'étais pas dupe, je savais bien que je ne le coinçais pas vraiment et qu'il n'aurait pas eu besoin de beaucoup d'effort pour se « libérer », mais il ne tenta rien de spécial.

Simplement, il descendit ses mains jusqu'à mes hanches et essaya de me guider vers son sexe. Mais je résistai légèrement avec un regard pétillant. Il me répondit par un sourire entendu et retira ses mains. Je lui saisis les poignets et les plaquai au sol, à côté de sa tête. Tout en les tenant, je fis glisser mon bassin et allai m'empaler sur son membre en érection. Mon regard courait sur son torse musclé tandis que j'ondulai lentement sur lui. Un premier frisson me parcourut tout le corps. Je lâchai ses poignets pour me redresser et accélérer un peu la cadence. Les mains de Hugo se remirent à courir sur mon corps, s'attardant particulièrement sur mes tétons dressés. Un frisson bien plus long que les autres me fit lâcher une série de gémissements. Je tombai en avant et commençai à embrasser Hugo dans le cou tout en continuant d'onduler contre lui. Cette fois, je n'opposai pas la moindre résistance lorsqu'il me bascula sur le côté. Comme je venais de le faire, il saisit mes poignets et les plaqua au sol. Ses coups de reins étaient plus que vigoureux. A chacun d'entre eux, j'avais l'impression d'une intense décharge qui me secouait des pieds à la tête. Et pourtant, avec mes jambes, je l'enveloppai et l'incitai à ne surtout pas réduire son ardeur. Enfin, je jouis à nouveau, et fus prise de tremblements si forts que je ne le sentis même pas éjaculer en moi. Ce ne fut que lorsqu'il roula sur le côté, à bout de souffle, que je remarquai le sperme qui coulait déjà entre mes cuisses.

— Bon sang ! haleta-t-il en passant sa main sur mes seins, il faut vraiment que tu viennes me voir plus souvent !

« Ça, c'est clair ! »

Quelques minutes s'écoulèrent, le temps que nous nous remettions de nos émotions. Puis, il se releva, et je fis de même. De retour dans la salle principale, je rassemblai mes vêtements pendant que Hugo s'installait devant son terminal.

— Il ne reste que 30 secondes, et ton boîtier sera comme neuf !

Il se retourna, toujours intégralement nu, et me regarda me rhabiller. Volontairement, je pris un maximum mon temps. Puis, je réorganisai un peu mes boucles brunes et me rapprochai de lui. Il se leva et me tendit mon boîtier. Alors que je venais de l'attraper, il ne le lâcha pas pour autant et m'attira un peu vers lui :

— Je fais les nuits les mardis, jeudis et dimanches soir. Toujours. Alors, si tu as besoin de compagnie… n'hésite pas à passer me voir.

— Mardi, jeudi et dimanche soir, répétai-je. Je note.

« Et aucun risque que j'oublie, crois-moi ! »

Il lâcha mon boîtier et, alors que je me dirigeais vers la porte, je sentais encore son regard sur moi. Un dernier signe de la main accompagné d'un sourire, et je disparus de sa vue.

Aussitôt, je pressai le pas. J'avais déjà été absente assez longtemps ! J'atteignis l'ascenseur et m'y engouffrai. Enfin, j'arrivais ! Sarah pivota vers moi avec un petit sourire en coin. Mais, avant qu'elle n'ait eu le temps de me poser la moindre question, les lumières s'éteignirent soudainement et une alarme retentit. Je me figeai quelques secondes puis me ruai vers mon poste de travail et branchai mon boîtier précipitamment. Mon écran clignota à plusieurs reprises. Allez ! Ce n'était pas le moment de traîner !

— Je n'ai rien de particulier, m'informa ma collègue. L'alerte ne nous concerne pas directement.

— Mais on va sûrement avoir besoin de nous, soulignai-je.

— Ça… c'est sûr !

Enfin, mon boîtier se synchronisa et mes écrans redevinrent normaux, tel que je les connaissais, fourmillants d'une multitude d'informations concernant les radars, les boucliers et l'énergie en grande majorité. Je parcourus tout ça d'un rapide coup d'œil. Sarah avait bien raison. Je ne voyais rien de suspect non plus.

Un message résonna dans la pièce :

"Ici le Poste de Commandement. Un code S12A vient d'être déclenché. Toutes les portes sont à présent verrouillées, et un recensement général du vaisseau va être effectué. Tenez-vous prêts à vous identifier !"

Je croisai le regard inquiet de Sarah. L'une comme l'autre savions pertinemment ce que cela signifiait : une personne à bord manquait à l'appel.

Chapitre 4

A peine le message venait-il d'être diffusé que le téléphone se mit à sonner.

"Salle de Contrôle, annonça Sarah en décrochant."

"Poste de commandement. Identifiez-vous ainsi que les personnes vous entourant !"

"Nous sommes deux. Adjudant Mills et Adjudant Cross."

"Parfait, Salle de Contrôle. Nous vous recontactons par radio."

Aussitôt, un message parvint à mes oreilles :

"Poste de Commandement à Salle de Contrôle, nous vous informons d'une procédure D50 en cours. Elle concerne l'Adjudant Traft."

"Procédure D50 sur l'Adjudant Traft, répétai-je en lançant un regard à Sarah. Vous me confirmez que les recherches préliminaires n'ont rien donné ?"

"Tout à fait ! Elle ne s'est pas présentée à son poste. Trente minutes plus tard, les premières procédures ont été lancées. Elle ne répond pas sur son téléphone et n'est ni dans sa cabine, ni à l'infirmerie, ni dans les salles communes."

"Très bien. Je vous recontacte. Pensez à me faire parvenir le formulaire signé ! "

"Oui, bien sûr. Terminé."

"Terminé."

Pendant que je finissais mon message, Sarah s'était occupée de faire apparaître la fiche de la personne recherchée sur un écran.

— L'Adjudant Sandra Traft est une des pilotes du Méléagre.

— Elle travaille donc avec Stéphanie ! soulignai-je. Je comprends mieux pourquoi elle avait l'air si pressée tout à l'heure. Si j'en crois son planning, elle devait prendre son service à 4h, comme moi ! Et il est… 5h10.

— Les premières recherches leur ont pris une grosse demi-heure, c'est cohérent.

— Bon, bah... Ya plus qu'à voir ce que nous dit son badge !

La recherche prit plusieurs minutes et une liste s'afficha sous nos yeux.
— Dernière utilisation à 3h43 pour entrer en zone réservée via le pont 3, lus-je à voix haute. Il faut vérifier les caméras de surveillance.

Je retournai à mon poste, appuyai sur l'interrupteur et tournai un bouton rouge afin de me mettre sur une fréquence sécurisée.
"Salle de Contrôle à Poste de Commandement, vous comptez nous envoyer le formulaire un jour ou non ?"
"Oui, oui ! Pardon ! Il est là, je l'ai dans les mains. Vous avez besoin du code ? Vous voulez que je vous le transmette ?"
"Non. Faites-moi descendre ce papier !"

Je soupirai d'agacement. Normalement, nous n'aurions même pas dû lancer les recherches sur le badge de l'Adjudant sans cette autorisation. Mais là, pour consulter les vidéos et autres informations sensibles du vaisseau, nous avions besoin d'un code spécial, généré aléatoirement et valable uniquement six heures. Une mesure importante pour la sécurité, mais qui était en train de nous faire perdre du temps. Enfin, j'entendis l'ascenseur arriver et un individu en sortit. Je ne lui accordai pas même un regard et lui arrachai littéralement la feuille des mains. Je l'entendis partir alors que j'entrais le code dans mon terminal.

Ça y est. J'étais entrée. Première étape : trouver le numéro de la dernière porte ouverte par Sandra Traft. Alors... le pont 3... entrée de la zone réservée... ce devait être la 356 ou 357. Ou 361. Pas très précis, certes, mais ces plans étaient tout simplement illisibles ! J'isolai à présent les caméras de surveillance correspondant à ces portes et lançai les images correspondant à la tranche horaire où la disparue avait utilisé son badge pour la dernière fois.

Du coin de l'œil, je remarquai un détail sur mon radar. Je reculai et appuyai sur l'interrupteur de ma micro-oreillette.
"Salle de Contrôle à Poste de Pilotage. Présence d'un objet céleste de petite taille, à quatre-vingts millions de kilomètres. Trajectoire légèrement convergente. Je vous envoie de nouvelles coordonnées."

"Objet céleste légèrement convergent. Avons bien reçu les coordonnées."

Sans quitter du regard les images de vidéosurveillance, je refermai mon micro.

— Sarah ! Je l'ai. Caméra 3256, correspondant à la porte… 357.

— C'est bien elle, confirma ma collègue après une rapide analyse faciale. Et elle entre dans la zone restreinte. Je lance une recherche sur les caméras suivantes.

— Je tiens le Commandement au jus, l'informai-je en me connectant.

"Salle de Contrôle à Poste de Commandement, nous avons des premières informations à vous transmettre."

Plusieurs secondes s'écoulèrent avant que je n'aie une réponse. Certainement qu'ils se regroupaient pour entendre ce que j'avais à leur annoncer. Enfin… j'imaginais quelque chose dans le genre.

"Salle de Contrôle, nous vous écoutons. "

J'avais raison, il avait dit "nous". Ils étaient donc plusieurs. Intérieurement, je jubilai un peu.

"L'Adjudant Traft a utilisé son badge pour la dernière fois au niveau de la porte 357, pour entrer en zone réservée. Les images confirment qu'il s'agit bien d'elle. Nous n'avons plus aucune activité après cela."

"Très bien… nous allons fouiller cette zone."

Je fis rouler un peu ma chaise en arrière et pris une gorgée de café. Beurk ! Il était froid !

— Du nouveau sur les caméras ? demandai-je à Sarah.

— Ça avance.

Je m'assis devant mon terminal et tapotai dubitativement sur mon clavier. Que pouvais-je bien faire ? Une liste interminable défilait automatiquement sur mon écran : toutes les activités des six dernières heures dans la zone sécurisée. J'isolai celles qui correspondaient aux heures qui m'intéressaient. Ah quand même ! Eh bien… je n'avais pas imaginé une telle activité. Ah tiens ! Et là, il s'agissait de mon badge, je reconnaissais son numéro. Je secouai un peu la tête. Il ne fallait pas que je me disperse.

Un indicatif bien plus court que les autres attira mon attention. Ça, ça ne correspondait pas à une porte. Mais à quoi ? J'ouvris la fiche informative.

— Sarah, tu veux bien regarder la caméra 3104 ? Disons entre 3h50 et 4h05 !

— Très certainement ! A quel endroit est-ce que cela correspond ?

— Le hangar des chasseurs.

Je me tournai vers elle tandis qu'elle cherchait. Les images s'affichèrent sur les écrans. Ou plutôt... qu'est-ce que c'était que ça ?

"Salle de Contrôle à Poste de Commandement, nous avons un souci, annonçai-je sur la fréquence sécurisée."

Quelques secondes s'écoulèrent dans le silence le plus total. Enfin, une voix grave, que je n'avais encore jamais entendue jusqu'à présent, me répondit :

"Nous vous écoutons."

"Huit minutes après que l'Adjudant Traft soit entrée dans la zone sécurisée, un sas du hangar à chasseurs a été ouvert pendant plusieurs minutes. C'est un badge invité, avec toutes les accréditations, qui a servi à ouvrir. Je vous donne l'identifiant : I85478317."

"Nous allons vérifier. Que disent les images de la vidéosurveillance ?"

"J'allais y venir, expliquai-je un brin agacé d'être interrompue. Les images sont parfaitement inexploitables. Le signal a été brouillé."

"Comment ça brouillé ! Vous en êtes certaine ?"

Non mais, il ne manquait vraiment pas d'air celui-là !

"J'ai la vidéo sous les yeux, répondis-je un peu sèchement."

"Ne bougez pas ! Je descends."

Evidemment que je n'allais pas bouger ! Qu'est-ce qu'il croyait ? Et... mais ! Il avait bien dit qu'il allait venir, je n'avais pas rêvé ! C'était quoi cette histoire ?

— Sarah, j'ai parlé avec un type bizarre, et il a dit qu'il allait descendre, prévins-je.

— Hein ? C'était qui ?

— J'en sais rien. Je ne crois pas lui avoir déjà parlé avant.

L'ascenseur arriva et ses portes s'ouvrirent. Je jetai un coup d'œil discret et remarquai que deux personnes en sortaient, un homme et une femme. La femme, je la connaissais. Il s'agissait de la Vice-Amirale Braust, ma supérieure hiérarchique directe et deuxième personne la plus importante du vaisseau. L'homme était trop en retrait pour que je le voie, mais je reconnus immédiatement la voix qui m'avait parlé quelques minutes avant. Le regard posé sur les différents écrans, ils s'avancèrent.

Je me figeai légèrement. Le type que j'avais qualifié d'un peu bizarre, je le reconnaissais à présent ! Et ce n'était pas n'importe qui, mais l'Amiral du Méléagre ! Je l'avais déjà vu une ou deux fois, mais ne l'avais jamais approché, et encore moins parlé avant cette nuit. Il était plus âgé que les membres d'équipage que j'avais l'habitude de côtoyer. Logique ! On ne devient pas Amiral à vingt ans… ni même à trente. Lui, il devait avoir la quarantaine, mais la quarantaine qui présentait bien !

— Que donnent les autres caméras ? demanda-t-il.

— Elles sont toutes brouillées dans ce secteur entre 3h48 et 4h07, indiqua Sarah.

— Et quels sont les horaires d'ouverture du sas ?

— De 3h58 à 4h03, signifiai-je à mon tour.

Il ne répondit rien et porta sa main à son oreillette quelques instants, les sourcils froncés. Puis, il se tourna vers moi :

— C'est bien vous que j'ai eu à la fréquence ?

— Tout à fait.

— Pouvez-vous analyser ceci ? demanda-t-il en me tendant une carte. Il s'agit du badge invité que vous avez mentionné. Je dois savoir si c'est lui qui a servi à ouvrir la porte, ou s'il a été cloné.

— Très bien.

Je pris l'objet et, après une rapide analyse, confirmai :

— C'est bien ce badge. Il a été utilisé à quatre reprises cette nuit.

L'Amiral s'approcha un peu de moi et se pencha par-dessus mon épaule pour regarder mon écran.

— La porte, le sas, ouverture puis fermeture et pour finir, de nouveau la même porte. La personne est allée reposer le badge après l'avoir utilisé, ce qui explique pourquoi nous l'avons trouvé à sa place.

— Donc, l'Adjudant Traft a été… balancée dans le vide ?

— Adjudant ! m'interrompit la Vice-Amirale d'un ton stricte.

Oups ! Visiblement, je n'avais pas le droit de poser de question !

— Allons, Daphné ! la reprit l'Amiral. Puis, il se tourna vers moi, et confirma : Ça en a tout l'air, oui ! Un acte prémédité, bien ficelé, et réalisé de sang-froid.

Puis, il se redressa et s'avança vers Sarah :

— Pouvez-vous trouver les dernières images où l'on voit l'Adjudant en vie ? Avec un peu de chance, nous pourrons trouver quelque chose.

La Vice-Amirale me lança un regard froid et se tourna vers les écrans. « *Non mais, elle n'est pas nette celle-là !* » pensai-je en levant les yeux. Bon ! Ce n'était pas tout, mais je ne devais pas rester sans rien faire. Cela n'aurait pas été sérieux alors que les deux plus hauts gradés du vaisseau étaient à quelques pas de moi. J'appuyai sur l'interrupteur de mon micro-casque :

"Salle de Contrôle à Poste de Pilotage. Notre trajectoire avec le petit objet céleste est à présent divergente. Maintenez !"

"Trajectoire divergente. Nous maintenons."

Pff ! Tout ça pour un petit caillou spatial qui n'aurait même pas passé notre bouclier ! Bon, ça nous aurait bien coûté un peu d'énergie, mais pas plus que de dévier de notre itinéraire. D'ailleurs… mais oui ! Comment n'avais-je pas pu y penser plus tôt ?

J'allumai un autre terminal, dont l'écran n'était pas trop visible. Inutile que l'Amiral et la Vice-Amirale remarquent ce que je faisais, d'autant que je n'étais pas certaine d'obtenir un résultat. Je lançai les informations concernant les boucliers. Actuellement, le Méléagre était entouré de trois protections : un bouclier gravitationnel, auquel il ne valait mieux pas toucher ; un bouclier réflecteur, très important aussi, pour nous isoler des rayons cosmiques ; et un bouclier de protection, basique mais indispensable, qui s'occupait de détruire les petits objets célestes qui s'approchaient trop près. L'activité de chacun des boucliers était soigneusement enregistrée (et strictement jamais consultée). Mais, si un individu s'était retrouvé – volontairement ou non – éjecté du vaisseau, alors il aurait fini par passer les boucliers, ce qui aurait forcément été enregistré quelque part. Et des activités dans la tranche horaire durant laquelle Sandra Traft avait disparu, il ne devait pas y en avoir des tonnes !

Je pianotai sur mon clavier. En effet, j'avais vu juste ! Une seule activité était enregistrée, à 4h06. Faible, mais bien présente et, plus intéressant encore, elle s'était produite de l'intérieur vers l'extérieur du bouclier ! C'était elle, j'en étais certaine. Je vérifiai tout de même quelques données. Oui ! Tout correspondait.

— Monsieur ! interpellai-je en me levant de ma chaise. J'ai noté une activité des boucliers au moment de la disparition de l'Adjudant Traft.

Surpris, l'Amiral se retourna et me détailla.

— Les boucliers, vous avez dit ? répéta-t-il. Montrez-moi ça !

Je m'exécutai en me rasseyant. La Vice-Amirale Braust vint jeter un coup d'œil, mais ne s'attarda pas et alla rejoindre Sarah pour visionner les images des caméras.

— Effectivement, confirma l'Amiral. Je ne vois pas comment il pourrait s'agir d'une coïncidence.

— D'autant que la masse qui a traversé le bouclier correspond à un individu qui pèserait entre 50 et 75 kilos. C'est une masse tellement faible que les capteurs ne peuvent être plus précis.

L'Amiral s'assit sur une chaise à côté de moi et réfléchit quelques instants.

— Nous allons continuer les recherches mais je pense que le plus… réaliste serait de considérer que l'Adjudant Traft a été assassinée puis jetée par-dessus bord. Qu'en pensez-vous ?

« Hein ? Quoi ? C'est à moi que vous posez la question ? »
Je jetai un coup d'œil autour de moi.

— Oui, oui, c'est à vous que je m'adresse, confirma-t-il avec un petit sourire.

— Eh bien… il est vrai que tout nous laisse à croire que l'Adjudant Traft n'est plus à bord de ce vaisseau.

— Combien de temps pour que nous fassions demi-tour ?

— Demi-tour ? répétai-je. Etant donné notre vitesse et notre masse, au moins une journée. Les pilotes seraient plus à même de vous l'indiquer.

— Je vais donc passer au Poste de Pilotage, annonça-t-il en se levant. Daphné, du nouveau sur les vidéos ?

— Nous ne voyons rien d'autre que l'Adjudant Traft, visiblement angoissée et craignant d'être suivie. J'ai tout de même transféré les passages pour une analyse plus poussée.

— Allons-y !

Ils s'avancèrent vers l'ascenseur. Alors que les portes s'ouvraient, l'Amiral se tourna vers moi :

— Au fait, Adjudant… ?

— Mills, indiquai-je.

— Adjudant Mills, continua-t-il, vous avez eu une brillante idée en vérifiant les boucliers.

Chapitre 5

L'Amiral avait finalement décidé de faire demi-tour et de retourner sur les lieux de la disparition. La manœuvre allait prendre pas mal de temps et nous n'arriverions pas sur place avant deux jours. Enfin... "jour", c'était un bien grand mot à bord d'un vaisseau où il n'y avait ni jour, ni nuit, ni soleil, ni rien. Disons que, pour des raisons de facilité et de coordination, nous vivions en nous calquant sur l'heure universelle terrestre.

Après le travail, je m'étais rendue dans mes quartiers pour me reposer un peu. Le quartier des sous-officiers où je logeais était vraiment agréable, avec une salle de repos et des équipements sportifs. Ma cabine, bien que modeste, me suffisait amplement. Il y avait un lit – autour duquel je pouvais circuler sans tomber, deux grandes armoires murales, un petit bureau – dont je n'avais toujours pas saisi l'utilité, et une salle d'eau. Sur mon lavabo, des sous-vêtements à moi étaient en train de sécher. Une fois, je les avais confiés à la buanderie avec le reste de mes affaires. Je n'avais pas commis cette erreur une seconde fois ! Ils m'étaient revenus dans un état lamentable. Donc, je m'en occupais moi-même, c'était plus sûr. Je les pris et allai les ranger. Je m'en étais constitué un stock important avant de partir, pour être certaine de ne pas avoir à me rabattre sur les sous-vêtements distribués à bord du vaisseau. Brrr. Rien que d'y penser, j'en frissonnai.

Je m'allongeai un peu sur mon lit. Un grand lit, deux places. La personne qui s'était occupée du mobilier n'avait pas été dupe, et s'était bien doutée que des lits simples ne seraient pas suffisants. Par contre, toute la décoration autre était à revoir. Non parce que les murs bleu-turquoise... comment dire... c'était vraiment horrible. Mais bref, je préférais un bon lit allié à une mauvaise déco, que l'inverse !

De toute manière, je n'étais que rarement dans ma cabine, uniquement quand je ressentais le besoin d'être seule ou de dormir un peu. Aucun homme n'y avait jamais mis les pieds. Certains avaient insisté, probablement par curiosité, pour savoir à quoi ressemblait un quartier du sous-officier. Mais non ! Ils n'étaient pas les bienvenus ici. C'était chez moi, et je m'y sentais bien. Et puis, de toute façon, même quand j'étais encore sur Terre, je n'aimais pas ramener un homme chez moi. Je préférais toujours aller chez lui. Il y a des choses qu'il ne faut de toute façon pas chercher à comprendre. A chacun ses petites fixations !

Une sonnerie me tira de mon sommeil en sursaut. Je tendis mon bras et attrapai mon téléphone.
"Allo…"
"Liv', c'est Steph'. Je te réveille ?"
"… Ça va, t'inquiète !"
"J'ai fini mon service. On se retrouve au mess ?"

Je fermai mes yeux vigoureusement, et les rouvris en jetant un coup d'œil à mon réveil. Presque 20h ! Déjà !
"Ok ! répondis-je en m'asseyant sur mon lit. J'y suis dans 5 minutes."

Je raccrochai. Le téléphone que j'avais entre les mains était vraiment basique, du moins par rapport à celui que j'avais sur Terre. D'un point de vue design, il était bien. Sans plus, mais bien. Par contre, il m'avait fallu un peu de temps pour le prendre en main. Bien sûr, il n'était possible d'appeler que des personnes présentes à bord du vaisseau, joindre la Terre ou toute autre planète avec cet engin était parfaitement utopique. Il ne fallait pas oublier que nous étions au beau milieu de l'espace ! Au final, le système avait été bien pensé et j'en étais pleinement satisfaite.

Après une rapide retouche maquillage, je quittai ma cabine et traversai le quartier des sous-officiers. Je ne mis pas longtemps à atteindre le mess. Stéphanie était là, à siroter une bière fraiche tout en dînant. Elle s'était un peu mise à l'écart et m'adressa un petit geste de la main dès qu'elle me vit, tout en me désignant dans la foulée le verre et le plat qu'elle avait déjà pris pour moi. Je m'assis en face d'elle, bus une gorgée et jetai un regard à mon assiette. Un œuf poché accompagné de petits légumes et de fèves. Pas mal.
— Pff, soupira-t-elle. Sale journée, n'est-ce pas ? Je ne te raconte même pas l'ambiance…

J'avais failli l'oublier, mais l'Adjudant Traft et elle étaient collègues et faisaient toutes les deux partie de l'équipe de pilotes du Méléagre. Je confirmai ses dires.

— Tu la connaissais bien ? demandai-je en mangeant une bouchée.

— Un peu, elle était sympa mais je ne la fréquentais pas en dehors du boulot.

Elle baissa la voix, vérifia que personne n'écoutait, et continua :

— C'est quand même flippant de savoir que… qu'elle a certainement été… balancée par-dessus bord !

Je tâchai de ne pas montrer de réaction face à ce qu'elle venait de me dire. De tout ce que j'avais appris ce matin, je n'avais le droit de ne parler de rien. Et, même si j'appréciais énormément Stéphanie, il était fort possible qu'elle soit en train d'essayer de me faire parler.

— Qu'est-ce qu'on vous a dit ? demandai-je.

— Officiellement, rien du tout. Mais bon, on n'est pas stupide et la rumeur court déjà dans tout le vaisseau. Tu sais des trucs, toi ?

— Je ne peux rien dire.

Elle leva les yeux au ciel en buvant une gorgée de bière. Puis, ses yeux se mirent à pétiller et elle posa son verre devant elle.

— Par contre, je sais que l'Amiral est descendu pendant ton service, n'est-ce pas ?

— C'est exact.

— Et tu l'as trouvé comment ?

— Sur quel plan ?

Stéphanie commença à tripoter une mèche de ses cheveux :

— « Amiral ! Regardez ! minauda-t-elle d'une voix aigüe. J'ai trouvé des informations sur les boucliers. Approchez-vous que je vous montre ! »

« Non mais je rêve, ou elle est en train de m'imiter ? »

— Parce que tu m'as déjà entendue parler comme ça ? m'offusquai-je avec un petit sourire. Et puis… qui t'a rapporté une telle chose ?

— Je ne sais pas. Par contre, ce que je sais, c'est que l'Amiral vient régulièrement au Poste de Pilotage et qu'il est plutôt bel homme. Non ?

Je levai les yeux au ciel et rebus une gorgée de bière.
— C'est pas faux, confirmai-je. C'est même plutôt vrai.

Elle acquiesça d'un air satisfait et sortit un dé de sa poche. Elle le fit tourner entre ses doigts, et le posa sur la table.
— Tu fais quoi ce soir ? me demanda-t-elle.
— Je reprends le boulot à minuit, soupirai-je en regardant la grosse horloge du mess. Ce qui me laisse trois bonnes heures devant moi.
— Une petite partie de dé ?

J'éclatai de rire.
— Steph'... tu sais ce que je préfère chez toi ? C'est que tu es complètement barrée !
— Je sais, oui !

Sur ces mots, elle lança le dé.

Chapitre 6

Courant sur toute la longueur du pont inférieur du Méléagre, se trouvait la Zone de défense, divisée en six grandes parties et où travaillaient ceux chargés de la défense du vaisseau. Dans chacune de ces zones se trouvait aussi une salle de repos tout confort, principalement réservée aux militaires qui n'étaient ni sous-officiers, ni officiers, mais bien entendu ouvertes à tous. On y trouvait de grandes banquettes, un billard, un baby-foot et du matériel de musculation.

Le dé de Stéphanie était tombé sur le quatre, et nous nous dirigions donc vers la salle de repos de la zone quatre. Elle avait l'habitude de faire cela : lancer un dé et suivre ce qu'il lui indiquait. Tout ça dans l'unique but de trouver un mec avec qui prendre du bon temps, bien sûr. La première fois qu'elle m'en avait parlé, j'étais restée sans trop savoir quoi dire tellement l'idée m'avait semblé... hallucinante. Et puis, bon ! Pourquoi pas après tout ? Et c'est ainsi que je l'avais suivie dans ses délires.

J'entrai dans la salle. Une trentaine de personnes était présente. Des hommes, des femmes, discutant ou jouant dans un agréable brouhaha. Dans un coin, un couple s'embrassait. Franchement, s'il y avait eu un peu plus d'alcool et de tabac, et un peu moins de néons, je me serais crue dans un bar. Du coin de l'œil, je vis une silhouette familière qui me faisait signe. Oliver ! Et accompagné d'un de ses amis que je n'avais, il me semble, encore jamais vu. Un grand brun, au regard noir et qui devait être un peu plus âgé que moi. Non... je n'aurais très certainement pas oublié si je l'avais déjà croisé.

— Tu connais mon collègue Oliver ? demandai-je à Stéphanie en l'entraînant vers lui.

— Oliver... oui, oui. Nous nous sommes déjà croisés, je crois.

— En effet, confirma-t-il. Et voici Stan.

Le grand brun nous salua d'un geste de la tête.

— Je suis pilote, se présenta Stéphanie avec un sourire exagéré. Et toi ?

— Commando, répondit-il succinctement.

— Il est trop modeste, rectifia Oliver. Stan est Officier Commando.

« Commando ? C'est ceux qui sont occupés à faire de la muscu toute la journée pour se maintenir en forme, il me semble. Intéressant. »

Son t-shirt était ample, mais n'empêchait en rien de deviner ses muscles. Je me mordis machinalement la lèvre inférieure. Il se tourna vers moi, et me détailla de haut en bas. Visiblement, je n'avais pas été très discrète dans ma façon de le regarder. Je n'avais pas vraiment cherché à l'être non plus.

— Et toi, tu fais quoi ? me demanda-t-il.

« Des tas de trucs. Je ne demande qu'à te montrer ! »

— Je suis au Contrôle, comme Oliver.

— Ça doit être intéressant.

— Pas autant que Pilote, interrompit Stéphanie en se rapprochant un peu de lui.

— Tu ne fais qu'obéir à ce que je te dis de faire, soulignai-je avec un petit sourire en coin.

— … je suis une fille très docile…

Elle me jeta un regard noir et amusé en même temps. Je le savais bien, elle détestait ne pas obtenir ce qu'elle désirait. De toute manière, cela ne lui arrivait que très rarement car, avec ses longs cheveux blonds et lisses et sa poitrine généreuse, elle partait avec un avantage certain. Et là, Stan, il m'accordait bien plus d'attention qu'à elle, il ne lui avait fallu que quelques secondes pour le savoir. D'ailleurs, il avait à l'instant le regard plongé dans mon décolleté. Car, même si je n'avais pas la poitrine de Stéphanie, j'étais loin d'être plate. Ça, plus mes longues boucles brunes et mon air – soi-disant – mutin, et je n'avais peur d'aucune concurrence féminine.

Le regard de Stan remonta un peu et il me fixa dans les yeux quelques secondes. Puis, il se pencha et nota l'heure.

— Je prends mon service à minuit, déclara-t-il en se retournant vers moi.

Ça, je savais exactement ce que ça voulait dire ! Et ça voulait dire « Cocotte, j'ai envie de te baiser, mais je bosse dans pas longtemps

35

alors ne t'attends pas à une longue nuit de folies. ». C'était le genre de précision qui se faisait en soirée. Je posai le bras sur le dossier de la banquette et regardai l'heure à mon tour. A peine plus de 21h.

« Ce qui laisse largement le temps pour de multiples folies »

— Je commence aussi à minuit, indiquai-je en plongeant mon regard dans le sien.

Il esquissa un sourire, et posa sa main sur mon genou droit. Je mis ma main sur la sienne et il se leva, m'entraînant avec lui. Je me retournai, et lançai un clin d'œil à Stéphanie, qui me répondit de la même façon.

A peine arrivés dans le couloir, il me plaqua contre un mur et m'embrassa fougueusement. Surprise par ce baiser auquel je ne m'attendais pas, je mis quelques secondes avant d'y répondre avec la même vigueur. Je passai ma main sous son t-shirt. Les muscles de son torse étaient exactement ce que j'avais imaginé. Durs, bien dessinés, je n'avais pas besoin de les voir pour les sentir au bout de mes doigts. Je descendis mon autre main au niveau de sa ceinture, puis au niveau de son entrejambe. Son sexe n'était pas encore en complète érection mais ce que je sentis promettait bien des plaisirs.

— A quel point est-ce que tu aimes le sexe ? me susurra-t-il à l'oreille.

— Au point d'y penser en permanence… et de n'en être jamais rassasiée.

— Dans ce cas…

Il me saisit par les fesses et m'attira contre lui, sexe contre sexe.

— … je demande à voir. Viens dans ma cabine, et on verra si tu aimes autant le sexe que moi.

« En même temps, si je t'ai suivi, ce n'est pas pour faire une partie de cartes. »

— J'espère que tu as de quoi m'impressionner, rétorquai-je d'un ton de défi. Et que tu n'es pas juste un beau parleur.

— Aucun risque !

Il me relâcha un peu, sans cesser de me fixer. Son regard avait changé et était devenu plus perçant, terriblement excitant.

— Plutôt que d'essayer de deviner ce que je vaux au lit, emmène-moi dans ta cabine que je te montre.

Il sourit, frôla mes seins du plat de sa main, et m'entraîna. Le quartier des Officiers n'était pas loin, seules quelques portes nous en séparaient.

Enfin, j'entrai dans sa cabine, simplement éclairée d'une douce lueur bleutée. La porte se referma derrière moi. Aussitôt, je sentis ses mains puissantes m'attraper et me faire basculer en arrière. Je tombai sur le lit, lui au-dessus de moi, et il m'embrassa goulûment tout en déboutonnant mon pantalon. Avant que je n'aie eu le temps de faire quoi que ce soit, je me retrouvai en sous-vêtements sur le lit alors que lui était encore intégralement habillé. Toujours sur moi, il me regardait d'un œil pétillant tout en caressant mes cuisses, mon ventre et ma poitrine. Je tendis les mains pour dégrafer à mon tour son pantalon. Il me saisit par les poignets.

— Laisse-moi faire.

Je hochai la tête, et il lâcha son emprise. D'une main, il retira son t-shirt, et dévoila ses muscles. Je ne m'étais pas trompée, sa musculature était vraiment impressionnante. Ses bras, son torse, ses abdos et... il venait de retirer son pantalon et ce qui se dressait devant moi était bien au-delà de ce que j'avais deviné à travers ses vêtements. Je souris un peu.

« S'il sait se servir de son engin aussi bien qu'il l'a laissé entendre... »

Je frissonnai. Stan s'était penché au-dessus de moi et caressait mon clito avec son gland. J'avais envie de plus, de lui entièrement à l'intérieur de moi. Il le savait très bien et jouait avec ça. Mais plus pour longtemps, lui aussi n'en pouvait plus d'attendre. Un long frisson me parcourut enfin, et je me raccrochai aux draps du lit tout en gémissant. Chacun de ses va-et-vient me déclenchait une secousse, si forte que j'avais l'impression que le lit s'en déplaçait. Je me raccrochai à ses épaules tout en ouvrant un peu plus les jambes. Il s'accrocha au rebord du lit et me pénétra un peu plus profondément encore. Ma vue commença à se brouiller sous ses coups de reins répétés et vigoureux. Je ne savais plus ce que je faisais, seulement que j'aimais baiser. Un second frisson, bien plus intense que le premier, arriva et je sentis mes jambes prises de spasmes incontrôlables. Dans le même temps, il ralentit un peu le mouvement.

— Ne t'arrête pas, gémis-je.

Je sentis ses mains malaxer mes seins tandis que le mouvement de mon bassin l'incitait à accélérer la cadence. Ses doigts descendirent le long de mon dos, et il me bascula sur le côté. Les mains sur mes hanches, il continua à me marteler de plus belle jusqu'à ce que ma tête ne commence à cogner contre le bois de lit. Avant que je n'aie eu le temps de réagir, je me retrouvai à quatre pattes. A plusieurs reprises, je manquai de perdre l'équilibre, mais une main me retenait fermement. Une décharge de plaisir me parcourut et je m'écroulai, sur les coudes. Dans mon oreille, je sentais Stan, à bout de souffle lui aussi, mais visiblement pas décidé à ralentir le rythme. Je me raccrochai à la tête de lit et, rassemblant mes forces, me relevai un peu alors que chacun de ses coups de reins m'arrachait un cri de plaisir. Ses bras glissèrent sur ma poitrine, entre mes deux seins. Il me releva et me plaqua contre lui. Essoufflée, je basculai ma tête en arrière et la posai sur son épaule tandis qu'il caressait mes cheveux. Nous étions tous deux complètement en sueur. Après quelques secondes dans un calme ponctué de légers gémissements, je me remis à quatre pattes. Ses mains courraient sur mon dos, sur mes fesses. Il commença à les écarter et à venir titiller mon anus. Son sexe glissa hors de moi et remonta entre mes fesses. Un long frisson me parcourut lorsqu'il me pénétra. Ses mains se contractèrent sur mes hanches. En quelques mouvements, il entra dans toute sa longueur et commença à accélérer de nouveau la cadence. Je posai les mains devant moi tout en l'incitant du pied et de mes cris à continuer de plus belle, ce qu'il ne se priva pas de faire. Sa main frôla mes cheveux et il en agrippa une poignée. Il les tira en arrière. En même temps, je le sentis se contracter et jouir tout en poussant un puissant râle. Je m'effondrai sur mon oreiller tandis qu'il roulait sur le côté.

— Effectivement, souffla-t-il après quelques minutes, ya pas à dire : t'aimes le sexe.

Je me rapprochai un peu de lui avec un petit rire et caressai son torse.

— Et heureusement que les cabines sont correctement insonorisées, continua-t-il avec un grand sourire.

— Je n'ai pas crié à ce point ! rétorquai-je.

— Oh que si !

— Je ne m'en suis pas rendu compte.

A nouveau, il attrapa une poignée de mes cheveux et m'embrassa fougueusement.

— Viens prendre une douche avec moi.

Sans attendre de réponse, il se leva. Je m'assis sur le lit et regardai autour de moi. Il était Officier, et sa cabine était donc plus grande et plus confortable que la mienne. Mais la principale différence se situait dans la salle de bains où se trouvaient à la fois une baignoire et une douche, toutes deux de grande taille. Je le savais déjà. Ce n'était pas la première fois que je mettais les pieds dans la chambre d'un Officier. Et, après ce que Stan venait de me faire, j'espérais bien que ce ne soit pas la dernière fois non plus !

La buée avait déjà envahi toute la cabine de douche lorsque j'entrai dans la salle de bains. Sa main saisit mon poignet et m'attira vers lui. L'eau chaude, presque brûlante, coula sur mon visage et tout mon corps.

— Ça va la température ?

— C'est parfait, répondis-je en fermant les yeux. J'adore quand c'est chaud.

Soudain, je sursautai. Ce qui ressemblait à un sexe en érection venait de frôler ma jambe. J'entrouvris les yeux. Stan eut un léger ricanement.

— Je préfère aussi quand c'est chaud, me susurra-t-il à l'oreille tout en glissant ses doigts sur mon sexe.

« Je suis rarement impressionnée. Mais là ! »

Je me mis sur la pointe des pieds et enroulai ma jambe gauche autour de ses hanches. Je manquai de tomber, mais il me retint. Il me souleva, et me pénétra entièrement. Mes jambes se mirent à trembler alors que je me raccrochais tant bien que mal à ses épaules. Presque immédiatement, je jouis, un orgasme long et intense alors qu'il ne cessait de me pilonner de toutes ses forces. J'avais terriblement chaud, et certainement que Stan aussi puisqu'il sortit de moi et alla refroidir l'eau qui coulait toujours sur nous. Il n'avait pas éjaculé, et bandait toujours autant. Je me mordis légèrement la lèvre inférieure et m'avançai vers lui. Je pris son sexe dans ma main et commença à le branler tout en léchant son torse. Je descendis vers ses abdos, fit glisser son membre entre mes seins et le mis dans ma bouche aussi profondément que je le pus. Je le sentais déjà sur le point d'exploser. Je le suçai un peu plus goulûment encore, jusqu'à sentir des spasmes parcourir son sexe sur toute sa longueur. Je gémis un peu tout en l'aspirant un peu plus encore. Je l'entendis pousser un profond râle et un puissant jet de sperme vint gicler au fond de ma gorge, suivi rapidement d'un second. Je me reculai un peu, toujours à genoux par terre, et avalai ce que j'avais dans la bouche. Stan recula de quelques pas, alla s'adosser sur le mur et se laissa tomber assis. Je le rejoignis. Dans la pièce voisine, une sonnerie retentit.

— Ça veut dire qu'on prend notre service dans trente minutes, m'expliqua-t-il en fixant ma poitrine.

Je hochai la tête et me relevai pour sortir me préparer. Alors que j'allais sortir de la douche, il m'attrapa par les hanches et, alors qu'il était toujours assis devant moi, s'approcha et lécha lentement mon sexe, tout en s'attardant quelques secondes sur mon clitoris. Une petite décharge me parcourut, et il se releva.

— Un avant-goût de la prochaine fois, me murmura-t-il à l'oreille. Si ça te tente, bien sûr…

« Si ça me tente ? Quelle question ! Et plutôt deux fois qu'une. »
— Je suis curieuse de savoir combien de fois tu pourrais me faire jouir en une nuit entière, répondis-je en prenant la serviette qu'il me tendait.

— Alors ça… ça dépendrait surtout de toi… et de ta capacité à me suivre.

— Tu crois pouvoir m'épuiser ? Je demande à voir.

— T'inquiète pas… tu verras !

Je lui adressai un petit sourire en coin et passai dans la chambre pour me rhabiller. Puis, je sortis une petite pochette de mon pantalon et me remaquillai. Dans le miroir, je voyais le reflet de Stan.

Il me fixait intensément, tout en jetant de temps en temps un petit coup d'œil vers mes fesses.

— Tu accordes toujours ton maquillage et tes sous-vêtements ? finit-il par me demander.

— Oui.

— Et pourquoi ?

Je le regardai à travers son reflet, refermai mon tube de rouge à lèvres – rose pâle, aujourd'hui – et me tournai vers lui.

— Parce que, comme ça, la prochaine fois que tu me verras, tu ne pourras pas t'empêcher de m'imaginer en sous-vêtements.

Stan s'avança vers moi tout en passant sa langue sur ses lèvres. Il m'attrapa par les poignets, me plaqua contre le mur de sa cabine et m'embrassa profondément tout en glissant une de ses jambes entre les miennes.

— La prochaine fois que je te vois, je te vire tes vêtements, tes sous-vêtements, et je te saute. Et ensuite, je recommence encore, et encore.

— Dans ce cas, j'espère qu'on se croisera très rapidement.

Il lâcha mes poignets et caressa vigoureusement mes seins.

« S'il continue comme ça, je vais arriver au boulot surexcitée, moi ! »

Une seconde sonnerie retentit. Il ne nous restait plus que cinq minutes pour nous rendre à notre poste. Stan ouvrit la porte de sa cabine. Il sortit et prit à gauche. Moi, c'est à droite que je devais aller. Je me hissai sur la pointe des pieds et l'embrassai profondément.

— A bientôt, lui glissai-je à l'oreille.

Puis, je tournai les talons. Lui ne bougea pas immédiatement, et je sentais son regard sur moi alors que je m'éloignais.

Chapitre 7

Près de deux jours s'étaient écoulés. Je n'avais toujours pas revu Stan, mais nous nous étions échangé quelques messages très très chauds. Ce soir, nous allions être disponibles tous les deux, et avions prévu de nous voir. Et heureusement, car je commençais un peu à être en manque, ses messages n'aidant en rien à me calmer. Pour l'instant, la frustration restait gérable, voire même agréable. Mais, mon instinct me disait que ça n'allait plus pouvoir durer longtemps ainsi et, si ce n'était pas avec Stan que je comblais ce manque de sexe, ce serait avec un autre homme. Ce n'était pas les bons coups qui manquaient à bord de ce vaisseau même si, niveau performance, Stan s'était avéré bien au-dessus des autres... pour le moment.

Seule et intégralement nue dans ma cabine, je choisis avec attention les sous-vêtements que j'allais porter. Jaune ? Bof, pas envie. Rouge ? Classique, mais toujours efficace. Argenté ? Non, en fait, ça ne m'allait pas si bien que ça. Bleu nuit ? Ma foi oui... pourquoi pas ? J'agrafai mon soutien-gorge, passai mon tanga, et m'assis devant mon miroir. J'attrapai mon tube de rouge à lèvres bleu nuit et me l'appliquai soigneusement. Une fois mon maquillage achevé, je me regardai dans le miroir, passai ma main dans mes cheveux.

« Nickel, c'est parfait ! »

Puis, j'attrapai un petit sac transparent, en provenance directe de la buanderie et qui contenait mes vêtements, propres et pliés. Je les déballai.

« Et dire que je suis obligée de porter ça, partout et tout le temps. Tolérance zéro. »

La seule chose qui me rassurait était de savoir que tout le monde était logé à la même enseigne et se devait de porter exclusivement son uniforme, qu'il soit en service ou non. Et, depuis que j'avais quitté la Terre, je n'avais pas vu une seule personne déroger à cette règle, et ce quel que soit son grade !

Je m'habillai. La sonnerie de mon téléphone retentit. Sûrement encore un message de Stan ! Mais le bruit ne cessa pas. Mince ! Ce n'était pas un message, mais un appel. J'attrapai l'appareil. « Vice-Amirale » était inscrit en gras sur mon écran. Je soupirai. Cet appel sentait mauvais mais je ne pouvais pas ne pas y répondre.

"Adjudant Mills, annonçai-je en décrochant."

"Adjudant Mills, ici la Vice-Amirale Braust, vous êtes attendue en Salle de Contrôle immédiatement."

Avant que j'aie eu le temps de répondre, elle raccrocha. Surprise de ce message, je restai quelques secondes sans rien faire. Puis, je me levai. Avant de quitter ma cabine, je jetai un rapide coup d'œil à mon planning.

« Bah non, je ne suis pas folle ! Je ne suis pas censée bosser aujourd'hui ! Qu'est-ce qu'elle me veut alors ? »

Mais bon, ce n'était pas en restant ici que j'allais le savoir. Je sortis et pressai le pas en direction de l'ascenseur.

"Livia !"

Je me retournai et vis Sarah me rejoindre au pas de course.

— Tu as aussi eu l'appel ? me demanda-t-elle.

— Oui. Tu sais ce qu'il se passe ?

— Pas du tout.

Ensemble, nous rejoignîmes la Salle de Contrôle. La Vice-Amirale était déjà présente et ne nous adressa pas le moindre regard. Oliver arriva peu de temps après nous. J'observai autour de moi : tous mes collègues étaient là, tout aussi étonnés que moi. La Vice-Amirale toussota :

— Comme vous le savez, le Méléagre a effectué un demi-tour afin de revenir sur les lieux de la disparition de l'Adjudant Traft. Je tiens à vous rappeler que cette information est strictement confidentielle. Seuls les pilotes du vaisseau, quelques Officiers, les pilotes des chasseurs et vous, êtes au courant. Le reste du personnel n'a absolument pas besoin de savoir ce qui se déroule actuellement. J'insiste donc particulièrement sur le fait que rien ne doit fuiter !

Elle marcha quelques pas et nous fixa à tour de rôle comme pour vérifier que nous avions bien tous compris.

— Nous avons à présent rejoint la zone de recherche, continua-t-elle. Les pilotes des chasseurs vont donc multiplier les sorties afin de chercher le corps de l'Adjudant Traft. L'opération durera sept jours. Après cela, nous devrons abandonner et reprendre notre route. Une fois les recherches terminées, et en fonction des résultats, l'Amiral fera une déclaration à l'ensemble de l'équipage. En attendant, évitez même d'en parler entre vous, cela limitera les risques de fuite. Compris ?

Tout comme les autres, j'acquiesçai.

— Une dernière chose, précisa la Vice-Amirale. Durant ces sept jours, une cellule spéciale de contrôle va être mise en place, afin de coordonner les allées et venues des chasseurs. Je vous ai envoyé votre nouveau planning, consultez-le sans tarder, il prend effet dans… trente minutes Et, inutile de vous faire des illusions, vous n'aurez pas de temps libre tant que l'opération sera en cours.

Je soupirai et échangeai un regard avec Sarah qui semblait tout aussi déconfite que moi. Le planning passa rapidement de mains en mains. Nous avions été séparés en deux groupes : cinq d'entre nous s'occuperaient de continuer à faire tourner la Salle de Contrôle de façon standard, et les cinq autres – dont Oliver et moi – étaient affectés au détachement qui allait gérer les chasseurs. La Vice-Amirale fit signe à ce dernier groupe de la suivre, et nous montâmes dans l'ascenseur jusqu'au deuxième étage.

Je n'y avais jamais mis les pieds et me sentis un peu déçue lorsque je constatai que cet étage ne se composait que de longs couloirs desservants de trop nombreux bureaux. Un peu comme partout à bord du vaisseau d'ailleurs, je ne savais pas trop ce que j'aurais pu espérer d'autre.

— Vos badges ont reçu les accréditations afin que vous puissiez accéder à cet endroit, ainsi qu'au hangar des chasseurs, où vous vous installerez, expliqua la Vice-Amirale Braust. Ne vous emballez pas, ces accréditations sont temporaires et très limitées.

C'était peut-être temporaire et limité, mais moi, je trouvais ça cool quand même ! Et mes collègues aussi, si j'en croyais le petit pétillement dans leurs yeux. Enfin, nous arrivâmes dans le hangar à chasseurs. Certes, je l'avais déjà vu sur les images des caméras de surveillance, mais il me parut encore plus impressionnant en vrai ! Le plafond était haut, vraiment très haut. Et la luminosité très forte. Mais le plus étrange était certainement que ce hangar s'étendait de part en part du vaisseau, et comportait, en plus de nombreux sas de lancement, de grandes baies vitrées. J'eus l'impression que cela me donnait un peu le tournis, que de voir ainsi l'espace, à gauche et à droite, par d'aussi grandes ouvertures. La Vice-Amirale nous désigna une large table ovale sur notre gauche. Une vingtaine d'écrans y étaient entassés, certains allumés, d'autres non.

« Visiblement, c'est là qu'on va bosser ! Et avec cette luminosité et ce bruit permanents dans le hangar, je parie sur un gros mal de crâne en fin de service ! »

Nous étions trois à commencer notre service immédiatement : une nana prénommée Justine et que je ne connaissais pas tellement, Oliver et moi. Tout en m'installant, je sortis mon téléphone de ma poche et l'allumai. Il fallait que j'avertisse Stan de ce changement de programme.

— Puis-je savoir ce que vous faites ? me demanda la Vice-Amirale en se plantant devant moi.

— Moi ?

— Oui... vous.

— Eh bien... je préviens un amant que je ne serais finalement pas disponible ce soir.

— Faites vite alors !

Je ne répondis rien et elle finit par s'éloigner. Je jetai un coup d'œil pour m'assurer qu'elle ne revenait pas. Cette femme était tellement désagréable, c'en était à peine croyable ! Toujours hautaine, rigide... je me demandais bien ce qu'elle devait valoir au pieu. Etait-elle comme ça aussi, ou savait-elle se détendre de temps en temps ?

— C'est une chaudasse, me glissa Oliver à voix basse.

— Pardon ?

— Ce n'est pas ce que tu étais en train de te demander ? Comment la Vice-Amirale est au lit ?

— Non... pas du tout, me défendis-je.

— J'aurais juré !

J'installai ma micro-oreillette et la synchronisai. Puis, je relançai un regard vers mon collègue et fis rouler ma chaise dans sa direction.

— Raconte !

— Je savais que ça t'intéresserait, ricana-t-il.

— C'est arrivé combien de fois ?

— Deux fois. Et, à chaque fois, c'était vraiment bizarre. La première fois, j'étais tranquillement avec un pote dans une salle de repos de la Zone de Défense, et un autre ami a débarqué. Il nous a dit qu'il avait une proposition. En fait, il avait une maîtresse plus ou moins régulière, et qui adorait les plans à plusieurs. Avec plusieurs mecs, je veux dire. Il a ajouté que là, elle l'attendait dans sa cabine, mais qu'il savait qu'elle serait un peu déçue s'il arrivait seul. Donc... on s'est dévoué pour l'accompagner. Dans la cabine, il y avait la Vice-Amirale, mais elle portait une guêpière avec des bas très très sexy. D'ailleurs, je t'avoue que je ne l'ai même pas reconnue sur le coup. Et effectivement, elle était super excitée qu'on arrive à trois, elle nous a quasiment sautés dessus pour nous déshabiller. Et puis, le sexe, je t'assure qu'elle aime ça. On n'était pas trop de trois pour la sauter, et elle en voulait toujours plus. On ne dirait pas comme ça, hein ?

— J'aurais jamais imaginé ça d'elle... Et la deuxième fois ?

— Je sortais du boulot et je l'ai croisée dans un couloir. Elle m'a arrêté, et m'a allumé direct genre main dans mon pantalon et "J'ai bien aimé ta queue la dernière fois. Je me la reprendrais bien entre les cuisses et les fesses", suivi de "Je cherchais justement un autre joueur pour ce soir, tu viens ?". Bon, j'ai compris qu'elle ne parlait pas de faire une partie de poker, et je l'ai suivie. On est arrivé dans une cabine et elle est allée se changer dans la salle de bains. Quelqu'un a frappé à la porte et elle m'a demandé d'aller ouvrir, ce que j'ai donc fait. Et là, tu ne devineras jamais avec qui je suis tombé nez à nez !

— Heu... non, je ne sais pas... dis !

— L'Amiral !

— L'Amiral ?

— En personne. Je crois qu'il a vu que je n'en menais pas large car il m'a proposé un verre. Du coup, on s'est installé, et on a commencé à se boire un petit whisky ! La Vice-Amirale... ou devrais-je dire Daphné, est revenue et elle a commencé à nous sucer et à nous branler à tour de rôle. Puis, je ne sais plus comment, elle s'est retrouvée à califourchon sur moi pendant que l'Amiral était en train de la pilonner par-derrière. Puis, on est allé sur le lit, puis sous la douche, puis de nouveau sur le lit. Et on y est allé tellement fort que je t'assure que le matin, elle a eu du mal à marcher droit, d'autant qu'à un moment, on s'est mis à utiliser des sex toys. Franchement, j'ai bien pris mon pied cette nuit-là !

Je hochai la tête sans rien répondre. Mais, qu'est-ce qui m'avait pris de lui demander de détailler alors que j'étais déjà en manque en ce moment, et que mon planning était surchargé ? Voilà ! Maintenant, avec tous ces récits, j'étais excitée ! Excitée, et bloquée ! Super... Je frissonnai. Oliver venait de poser sa main sur mon genou.

— Tu ne réponds rien ? murmura-t-il à mon oreille. Je te sens un peu frustrée, je me trompe ? Je croyais que tu voyais toujours Stan et, d'après ce que je sais de lui, il n'est pas du genre à laisser une maîtresse sur sa faim.

— On était censé se voir ce soir, soupirai-je d'un air dépité.

— Ah ! C'est donc pour lui le maquillage bleu foncé ? Il en a de la chance. Je suis désolé que nos pauses ne correspondent pas, Livia, sinon je t'aurai bien aidé à passer cette frustration. Je t'aurais emmenée dans une réserve, un coin tranquille, et puis, doucement, j'aurais commencé à passer mes doigts...

— Arrête ça, Oliver ! le coupai-je. Je t'assure que si nos pauses coïncidaient, c'est moi qui t'aurais entraîné dans le premier coin sombre, pas l'inverse !

— C'est doublement dommage alors, fit-il remarquer en commençant à remonter sa main entre mes cuisses.

Je le regardai fixement, et reculai ma chaise en direction de mes écrans. Si nous avions été affectés en Salle de Contrôle et pas dans ce hangar surpeuplé, je lui aurais assurément sauté dessus. Et le petit regard amusé qu'il continuait à me lancer m'indiquait qu'il le savait pertinemment ! Au lieu de ça, je me retrouvais à commencer une vacation de six heures surexcitée.

Un message résonna dans mon entrejambe... heu, je veux dire mon oreillette, bien sûr ! Les recherches pour retrouver le corps de l'Adjudant Traft allaient débuter d'une minute à l'autre.

Chapitre 8

Un léger brouhaha parcourut l'ensemble du hangar. Autour de moi, les gens commencèrent à s'agiter et à courir en hurlant. Intérieurement, je commençais à bouillir. Non seulement je devais travailler dans un environnement suréclairé, mais en plus, il était horriblement bruyant. Et, du coup, j'avais un mal de chien à entendre les messages qui me parvenaient via mon oreillette. Soudain, les lumières se tamisèrent. Je sursautai un peu et relevai la tête. Le bruit aussi s'était atténué, et je ne voyais à présent plus que des ombres s'affairer autour des chasseurs.

J'échangeai un regard avec Oliver et Justine. Nous n'avions pas eu à répartir nos tâches, celles-ci nous avaient été arbitrairement imposées, par la Vice-Amirale. J'allais m'occuper de gérer les allées et venues des chasseurs sortant par les sas bâbord du vaisseau. Justine ferait la même chose pour les sas tribord, et Oliver les surveillerait lors de leur évolution dans l'espace. C'était la première fois que je faisais cela en vrai. Bien sûr, je m'y étais déjà entraînée avant, lors de ma formation, mais je n'avais jamais dépassé le stade des simulations. Mais, comme aucune manœuvre n'avait encore été effectuée par les chasseurs depuis notre départ de la Terre, je n'avais pas encore eu l'opportunité de voir tout cela de mes propres yeux. D'ailleurs ! Je venais de réaliser ! Mais cela signifiait aussi qu'il s'agissait certainement de la première véritable sortie dans l'espace pour bon nombre de pilotes. Eh bien… ça promettait !

Les chasseurs prêts avancèrent jusqu'aux sas et y entrèrent. Je me retournai et regardai. Le hangar semblait à présent très vide. Dans mon oreillette, des voix commencèrent à s'élever.

"Eh ! Paul ! Tu me rejoins une fois lancé ! Je vais te montrer comment on manie vraiment ces engins !"

"Tss… je ne crois pas que tu sois en mesure de m'apprendre quoique ce soit, hein ?"

Je soupirai et cessai d'écouter. Le regard que me lança Justine m'indiqua qu'elle entendait le même genre de conversation de la part des pilotes côté tribord. Un message résonna dans tout le hangar. Dans trente secondes, les portes extérieures des sas allaient finir de s'ouvrir entièrement. Je pris la fiche d'information, et la regardai. Vingt sas, vingt chasseurs.

— Je te les envoie cinq par cinq, ok ! fis-je confirmer à Oliver.

— Oui, oui, c'est ce qui est prévu.

— En simultané ou en décalé ? continua Justine.

— Heu… je m'en fiche un peu. En décalé ?

Je hochai la tête. Les vingt chasseurs de chaque côté étaient divisés en quatre patrouilles de cinq. Au départ, chacune allait prendre une direction différente afin de quadriller au mieux l'espace. Personnellement, si j'avais été à la place d'Oliver, j'aurai choisi le lancement en simultané mais bon… après tout, c'était lui qui voyait !

Dix secondes ! Tiens ! Les pilotes s'étaient tus sur ma fréquence ! C'était assez notable pour être relevé.

"Salle de Contrôle à pilotes, départ imminent. Lancement en décalé. Priorité Tribord-Tango."

Bon, c'était parfaitement idiot de dire "Salle de Contrôle" alors que nous n'y étions pas du tout, mais bon ! C'était comme ça !

"Ah ! Mais c'est toi, Livia !"

Hein ? Bon. Visiblement, je connaissais l'un des pilotes et il m'avait reconnue. Oui, c'était bien possible après tout. Je ne répondis rien et regardai Justine donner le signal de départ à son premier groupe. J'attendis une petite dizaine de secondes et, à mon tour, annonçai :

"Patrouille Bravo-1, autorisé lancement."

Les chasseurs ne se firent pas prier et s'élancèrent immédiatement. Aussitôt, ils apparurent sur l'écran devant moi.

"Patrouille Bravo-1, contactez l'Espace"

"L'Espace", c'était le terme pour désigner la fréquence Oliver. Un peu pompeux, certes. Puis, se fut le tour de la Patrouille 3, puis de la 2, et pour finir de la 4. Une fois ce travail effectué, le nombre de chasseurs sur mon écran était tel que c'en était presque illisible. Je dézoomai au maximum et me mis en mode surveillance. Ce n'était pas comme si nous étions en zone de combat et que nous devions avertir de la présence d'un vaisseau belliqueux ! Là, il n'y avait rien d'autre à faire que de vérifier que tout se passait bien. Il n'y avait même pas le moindre astéroïde à signaler. Mais bon, au moins ma chaise était confortable ! Bien sûr, quelques pilotes s'éloignèrent un peu de leur patrouille, d'autres s'amusèrent à faire la course, nous le voyions bien. Mais pour eux non plus, la mission n'était pas palpitante et tant qu'ils ouvraient l'œil à la recherche d'un corps disparu, c'était bon.

A nouveau, un message résonna dans le hangar.

"Second lancement imminent !"

Je me retournai. J'avais été tellement hypnotisée par mes écrans que je n'avais même pas remarqué l'agitation dans mon dos. Carrément ! Deux vagues de chasseurs ! Il n'y avait pas à dire mais le Commandement mettait le paquet pour retrouver l'Adjudant Traft ! Le lancement se passa sans le moindre accroc.

— Liv', je t'envoie ta Bravo-1, me signala Oliver. Ils ont besoin de faire un plein !

— Ok, vas-y !

Je saisis le téléphone devant moi et appuyai sur un bouton qui composa automatiquement un numéro.

"Refueling aux postes 1 à 5 bâbords, annonçai-je.

Peu loquace, la personne au bout du fil grommela qu'elle avait compris et raccrocha.

« J'adore tellement bosser avec des gens chaleureux comme ça ! »

"Bravo-1 à Salle de Contrôle, nous arrivons à proximité du vaisseau, m'annonça une voix dans l'oreillette."

"Réduisez votre vitesse, Bravo-1. Et vous êtes autorisés à apponter aux sas 1 à 5 Bravo."

"Autorisés aux sas 1 à 5 Bravo. Bien reçu ! Merci Livia."

"De rien."

Ou plutôt, *« De rien, individu dont je n'ai pas la moindre idée de l'identité »*.

A tour de rôle, toutes les patrouilles vinrent pour refueler. Je me sentais complètement déconnectée, hors du temps, à ne faire que rabâcher en boucle deux ou trois phrases. Pourtant, je ne me sentais pas particulièrement fatiguée, et j'avais l'impression de pouvoir encore continuer à faire ça pendant des heures.

Des mains se posèrent sur mes épaules. Je sursautai et me retournai. Il s'agissait de Robin, un de mes collègues, qui venait d'arriver.

— Allez ! Je te relève, Liv' !

— Déjà ? Mais il est quelle heure ?

— Presque 3 heures du matin. Ça fait déjà 6 heures que tu bosses, là !

Je soupirai et passai ma main sur mon visage. Je n'avais pas du tout remarqué que le temps était passé si vite.

— Bon, expliquai-je rapidement. La Bravo-8 ne devrait pas tarder à venir refueler. Avec normalement un changement de pilote au passage. Actuellement, tu as la Bravo-7 aux postes 1 à 5 en train de... eh bien... de faire son truc là ! De refueler avec changement d'équipage aussi !

— Pas de soucis, je vais m'en sortir, m'assura Robin. Tu ferais bien d'aller te reposer, tu reprends dans 6 heures !

« Chouette !! Et en plus, ce sera pour une vacation de 9 heures ! Je cache ma joie... Vivement qu'il la retrouve, cette Sandra ! »

Je me levai et lui laissai ma place. A présent que j'étais debout, je ressentais bien plus la fatigue. Les lumières du hangar étaient toujours fortement tamisées mais mes yeux s'y étaient faits. Je repérai rapidement la porte pour quitter cet endroit.

— Attends !

Une voix m'interrompit alors que je m'apprêtais à sortir. Surprise, je me retournai et me retrouvai face à un homme qui me tira par le bras.

— Pas par là ! Tu vas t'exploser les yeux si tu repasses tout de suite à la luminosité forte.

— Quoi ?

— Il vaut mieux passer par la Salle d'Accoutumance. Tu ne connais pas ?

Un peu sceptique, je commençai déjà par me dégager de son emprise. Puis, je le regardai de bas en haut. Je n'arrivais vraiment pas à savoir si son histoire de Salle d'Accoutumance était du lard ou du cochon. C'était un plan baise, ou pas ? Pourtant, en règle générale, je savais décrypter ce genre de message. Mais là, je n'arrivais vraiment pas à dire. Bon. De toute façon, il était grand, plutôt baraqué, et visiblement pilote si j'en croyais son uniforme. Quelle que soit la Salle d'Accoutumance, je ne risquais pas grand-chose.

— Je te suis.

Chapitre 9

— C'est au centre du hangar, m'indiqua-t-il avant de commencer à avancer.

Hein ? Au centre du hangar ? Ya un truc au centre du hangar ? Je lui emboîtai le pas. Il marchait à un rythme assez soutenu, et semblait être encore plus que moi habitué à cette semi-obscurité. Au centre du hangar se dressait effectivement une espèce de pilier. Il passa son badge devant un petit capteur. Des portes dissimulées dans le mur s'ouvrirent, et dévoilèrent un ascenseur, aussi peu éclairé que le hangar. Très sincèrement, j'étais de plus en plus sceptique ! Mais bon, j'entrai quand même. En fait, cette situation était plutôt pour m'exciter, je devais bien l'admettre. La fatigue que j'avais ressentie en me levant de mon siège s'était entièrement dissipée, laissant place à une légère forme d'excitation, qui ne demandait qu'à s'accentuer.

Il n'y avait qu'un seul bouton dans cet ascenseur. En quelques secondes, nous arrivâmes à destination, et les portes s'ouvrirent sur un long couloir, lui aussi très faiblement éclairé. Sur les murs, de petits voyants verts ou rouges brillaient, à distance régulière. En m'approchant, je remarquai que ces lumières étaient disposées à côté de portes. Portes sur lesquelles était inscrit « Salle d'Accoutumance ».

— Tu viens avec moi, ou tu préfères être seule ?

Je me retournai. Il venait d'ouvrir une porte et s'apprêtait à entrer. Cette fois, le ton qu'il avait employé ne permettait pas d'avoir le moindre doute sur ces intentions. Tant mieux. Pour toute réponse, j'entrai devant lui ce qui, en soi, constituait une réponse tout aussi explicite. La salle était de taille convenable mais spartiate, visiblement prévue pour cinq ou six personnes grand maximum. Deux banquettes d'environ deux mètres vingt se faisaient face, et il y avait une porte au fond, pour sortir. Du moins, c'est ce que je supposai. Et c'était tout. Il me suivit et referma la porte derrière lui, avant de commencer à tapoter sur un petit écran dans le mur. Je restai à côté de lui, et regardai par-dessus son épaule.

— C'est pour déterminer la durée du programme ? devinai-je assez rapidement.

— Tout à fait.

Il se tourna vers moi et me fixa.

— Tu es Livia, c'est ça ? Ta voix me dit quelque chose…

— C'est exact ! On s'est parlé à la fréquence ?

— Absolument. Moi, c'est Maxime, et j'étais parmi la Patrouille 4B.

— Eh bien, Maxime… combien de temps penses-tu que ce programme doit durer ?

Je rejetai mes cheveux en arrière et retirai mon t-shirt. Puis, je me rapprochai de lui et déboutonnai son pantalon. Il pianota sur l'écran d'une main, m'attrapa par la ceinture et me bascula sur une banquette. Un peu brusquement. Je me redressai sur mes coudes. Déjà, mon pantalon et ma culotte glissaient le long de mes jambes et je me retrouvai rapidement nue, alors que lui était encore à moitié habillé, son uniforme simplement baissé sur les genoux.

« Alors ça, je sais exactement ce que tu as l'intention de faire ! Tu veux juste tirer ton coup en espérant que j'écarte bien gentiment les cuisses, en mode vite fait, bien fait… ou plutôt vite fait, mal fait en ce qui me concerne. »

Il saisit ma poitrine, et se pencha vers moi pour me pénétrer.

« D'ailleurs, je suis sûre et certaine que tu as programmé la durée minimale sur le système ! C'est dommage, on aurait pu passer un moment agréable. Au lieu de ça, je vais devoir t'expliquer que je ne suis pas du genre à me faire baiser dans un coin en deux secondes ! »

Alors qu'il se rapprochait encore de moi, je posai mes mains sur ses épaules et, tout en lui donnant un coup dans les reins à l'aide de mon genou, le fit basculer sur le côté et lourdement tomber à terre, entre les deux banquettes.

Certainement surpris, il ne réagit pas immédiatement. Puis, il posa ses mains sur mes hanches dans un mouvement de recul, mais s'interrompit lorsqu'il vit que je profitais de ma position en hauteur pour m'empaler sur son sexe en érection. Non mais qu'est-ce qu'il croyait ? Que j'allais me laisser faire sans broncher ! Non… en fait, il semblait satisfait de me voir active sur lui. Mais je ne prêtais à présent pas la moindre attention à lui. Je sentais sa queue entrer et sortir en moi, au gré de mes mouvements lents et réguliers. Ses mains commencèrent à courir sur mon corps, puis à remonter vers mes seins. Que pouvais-je avoir bien à faire d'elles ? Elles étaient à présent la dernière chose qui m'importait. Il voulait me baiser, il allait apprendre ce qu'était la baise selon moi !

Je repoussai ses mains, un peu brusquement peut-être. Il ne broncha pas. Dans la cabine, la luminosité était déjà bien plus forte que lorsque j'y étais entrée. Je tournai la tête et jetai un regard vers l'écran dans le mur. Il indiquait que le programme s'achevait dans à peine plus de dix minutes. Un programme rapide ! Je le savais ! Quoiqu'il en soit, j'allais profiter au maximum de ces dix minutes, et tant pis si la luminosité devenait trop forte pour être agréable.

Je posai mes mains sur son torse et continuai d'onduler sur lui. Heureusement pour lui, il était relativement bien monté. Rien d'exceptionnel, mais suffisamment pour me procurer du plaisir. Un long frisson me parcourut. Penchée en avant, avec mes cheveux qui tombaient devant mes yeux, j'accélérai le mouvement de mes reins jusqu'à me sentir envahie de tremblements. Je rejetai ma tête en arrière avec un petit cri et m'accrochai aux banquettes sur mes côtés. Tandis que je récupérais mon souffle, je sentis son sexe se gonfler un peu plus. Je souris un peu, et me redressai, laissant sa queue glisser en dehors de moi. Hors de question qu'il éjacule maintenant ! Il restait encore cinq bonnes minutes avant que le programme ne se termine. Il n'allait certainement pas apprécier, mais tant pis.

En effet, il esquissa un léger geste d'agacement. Je n'y prêtai pas la moindre attention et attirai son sexe contre le mien. Les sensations provoquées par sa bite contre mon clito ne tardèrent pas à faire remonter mon niveau d'excitation au plus haut point. Je laissai échapper un léger cri tandis que je m'empalai à nouveau sur lui.

— Ce serait mieux si je me mettais au-dessus, non ? suggéra-t-il.

« Pour te finir, oui, c'est sûr que ce serait plus pratique ! »
Je lui lançai un regard sans ambiguïté. En réalité, il aurait très bien pu me renverser sur le dos, et ça dès le départ. Il avait nettement plus de force que moi. Mais il ne l'avait pas fait. A présent que la luminosité était presque à son maximum, je remarquai qu'il

semblait vraiment très jeune, plus que moi en tout cas, vingt-et-un ou vingt-deux ans. Et puis, ce n'était franchement pas mon genre. Un peu trop jeune premier à mon goût.

Du coin de l'œil, je remarquai que le programme prendrait fin d'ici environ trois minutes. J'écartai un peu plus les jambes et donnai un léger coup de hanches afin faire glisser sa queue plus profondément encore. Un frisson monta en moi. Puis un second. Sa queue avait durci et grossi. Sous moi, je le sentis tenter de se redresser et de m'attraper par la taille, en vain. Je le repoussai avec une surprenante facilité. Encore un frisson. Avec un petit cri, j'accélérai le rythme de mes mouvements. Un tremblement plus puissant encore me parcourut et je jouis à nouveau. Lui non. Pas encore. Tant mieux. Pour tout dire, je ne savais pas trop quoi faire de lui à présent. La seule chose dont j'étais certaine, c'est que je n'avais pas la moindre envie qu'il éjacule en moi. Je ne voulais pas lui faire ce plaisir. Mais je le sentais sur le point de tout lâcher. L'espace d'une seconde, j'hésitai, puis me redressai et reculai légèrement. Sans lui laisser l'occasion de réagir, je m'assis sur ses cuisses et attrapai son sexe entre mes mains. Quelques caresses rapides suffirent à terminer de l'exciter et il éjacula. Son sperme coula et alla se répandre sur ses abdos et son t-shirt.

« S'il s'était déshabillé, cela ne lui serait pas arrivé ! »

Sans tarder, je me relevai et m'assis sur une banquette. Je rassemblai mes vêtements et commençai à me rhabiller tout en me demandant où je me trouvais dans le vaisseau, et de quelle manière j'allais maintenant rejoindre ma cabine. Je sursautai légèrement et me retournai. La porte venait de claquer et j'étais à présent seule.

« Décidément, ce type est classe jusqu'au bout. Bon débarras ! Je le retiens ce… ce… mince, c'est quoi son nom déjà ? Aucune idée ! »

Je cherchai encore pendant quelques secondes et éclatai de rire. J'étais là, comme ça, à moitié à poil au milieu d'une salle bien trop lumineuse, et je me marrai. Si quelqu'un était entré, il serait très certainement ressorti sans tarder !

Je sortis de la salle par la seconde porte et me retrouvais dans un large couloir. Je n'avais pas la moindre idée du lieu précis où j'étais mais je notai la présence d'un ascenseur un peu plus loin. Je commençai à me diriger vers lui lorsque la porte d'une autre salle d'Accoutumance manqua de me percuter en s'ouvrant brusquement. Je l'évitai de justesse, grâce à un pas de côté dont la vivacité m'étonna moi-même. Malgré la fatigue, mes réflexes étaient toujours là. Je levai les yeux et la surprise me fit m'arrêter net. La personne qui venait de surgir de cette salle n'était autre que la Vice-Amirale Braust en personne. Elle aussi se figea en me voyant, et ouvrit la bouche sans savoir quoi dire.

— Bonsoir, Madame ! lui lançai-je en passant à ses côtés alors qu'elle ne bougeait toujours pas.

La porte était toujours grande ouverte et j'en profitai pour regarder à l'intérieur, et ce sans même feindre la discrétion. Trois jeunes hommes étaient en train de finir de se rhabiller. L'un remettait ses chaussures, l'autre finissait de boucler son pantalon et le dernier était toujours torse nu. Du coin de l'œil, je jetai un regard en arrière et adressai un grand sourire à la Vice-Amirale. Celle-ci prit un air blasé, tourna la tête et claqua la porte.

Cette vision avait vraiment égayé la fin de ma journée. J'arrivai à l'ascenseur et après quelques minutes de marches, retrouvai le chemin de ma cabine et de mon lit.

Chapitre 10

Trois jours s'étaient écoulés, et nous n'avions toujours pas la moindre trace de Sandra Traft. Cela signifiait donc que nous allions encore devoir trimer avec des horaires impossibles. Non parce que franchement, à cinq pour assurer un service permanent, ce n'était juste pas tenable. Et si, au bout de deux jours, j'étais déjà à ce point sur les rotules, je n'imaginais pas ce que ce serait au bout d'une semaine. Surtout qu'il ne fallait pas se leurrer, mais retrouver un corps… dans l'espace… heu ! sans vouloir être pessimiste, il fallait bien admettre que c'était une chose hautement improbable ! Je nous sentais donc bien aller au terme de cette semaine de recherche, à mon grand regret.

De façon presque automatique, j'entrai dans le hangar et me dirigeai vers la table réservée au Contrôle. Je tapotai sur l'épaule du collègue que j'étais venue relever, Oliver en l'occurrence.

— Mince, Livia ! T'as pas dormi ou quoi ? s'inquiéta-t-il en se retournant.

— Si. Mais je me sens plus fatiguée qu'avant de me coucher.

— Ça me l'a fait la dernière fois aussi.

— Des trucs à savoir ? demandai-je en désignant les écrans.

Oliver prit une grande inspiration, puis soupira.

— Non, laisse tomber. C'est comme d'hab. Ils font des allers-retours pour refueler et changer d'équipage.

Il se leva. Machinalement, je m'assis, et synchronisai mon oreillette tout en regardant autour de moi. Affalés dans leur siège, Justine et Robin m'adressèrent un petit geste auquel je répondis avec la même motivation qu'eux.

— Au fait, je contrôle quoi ? lançai-je à Oliver alors qu'il commençait à s'éloigner.

— L'Espace !

Et mince… en plus de devoir effectuer des tâches bêtement répétitives, j'allais en plus me coltiner les idioties que les pilotes ne manquaient pas de s'envoyer entre eux. Du genre "On fait la course, je suis sûr que je pousse plus mon engin que toi !" ou encore "Cet astéroïde, on voit lequel de nous deux s'en approche le plus en virage serré ?". Des blagues de haut niveau, quoi !

« Un jour, il faudra que je prenne des notes sur toutes les bêtises que les pilotes peuvent dire. Je suis sûre que je pourrais en faire un livre ! »

Sans scrupule, je réglai le niveau de son de mon oreillette au minimum. J'entendais encore ce qu'ils disaient, mais cela me polluait moins. Et puis, je percevais parfaitement les intonations de voix, et ne risquai pas de passer à côté d'un message de détresse. Enfin, je l'espérais…

— Rappelle-moi pourquoi cette partie de notre boulot n'est pas faite par des machines ! lança Robin.

— Ils ont essayé, ya eu trop de morts, ria sarcastiquement Justine alors que je levais un œil.

— Mais ils ont bien dû faire des progrès depuis Efirenet !

J'esquissai une légère moue tout en prenant une gorgée de café. En parlant d'Efirenet, Robin faisait référence à une catastrophe historique dans le domaine de la conquête spatiale. Catastrophe qui avait coûté la vie à des milliers de personnes et qui avait posé les bases de la sécurité dans l'Espace, tout ça à cause d'une erreur d'Intelligence Artificielle !

— Il faut des cerveaux humains pour contrer la bêtise des pilotes, argumentai-je à mon tour.

Robin me fixa et leva l'index.

— Alors là, c'est clair ! approuva-t-il.

Je me figeai et lui fit signe d'arrêter de me parler. J'augmentai un peu le son de mon oreillette.

"Espace à Tango-3, bien reçu. Contactez Contrôle Tango pour une approche, répondis-je d'un ton calme. "

Je relevai la tête et demandai :

— Lequel de vous s'occupe du Contrôle Tribord ?

— Moi, s'annonça Justine.

— Je viens de t'envoyer une patrouille !

Elle posa sa main sur son oreillette et me fit signe que les pilotes venaient de la contacter.

"Contrôle à Tango-3. Recontactez-moi en approche des sas 1 à 5 Tango"

Elle soupira légèrement et se pencha pour noter quelques mots sur une feuille devant elle.

— Au fait, il y a des gens qui vous ont demandé des infos sur cette histoire de disparition ? interrogea Robin.

Je réfléchis rapidement. Quelques personnes m'en avaient bien parlé, mais dans le cadre d'une discussion normale, sans ambiguïté. En même temps, depuis que les recherches avaient débuté, je n'avais pas vraiment eu l'occasion d'avoir de contact avec d'autres personnes que mes collègues ! A mon plus grand regret, d'ailleurs !

— Rien de particulier, non, répondis-je. Pourquoi ?

— Je suis tombé sur une nana, une pilote. Pilote de vaisseau, j'entends, pas de chasseurs. Elle m'a fait un rentre-dedans pas possible pour que je lui lâche ce que je savais.

— C'était qui ?

— Heu… la bombasse blonde, là ! Son prénom commence par un S.

— Stéphanie ! Elle m'a posé quelques questions mais sans chercher plus loin. Mais je suis sûre qu'elle avait beaucoup plus d'arguments à te soumettre qu'à moi…

En guise de réponse, Robin m'adressa un grand sourire assorti d'un petit clin d'œil.

— Ça, je ne vais pas te dire le contraire ! Mais, je ne lui ai rien dit, qu'on soit bien d'accord sur ça.

— Attends ! J'espère vraiment que tu as réussi à tenir ta langue, intervint Justine, tu imagines la panique à bord si la vérité venait à fuiter ! Un meurtre, à bord d'un vaisseau !

— Meurtre qui, en plus, a probablement été commis par un officier, soulignai-je En tout cas, par une personne ayant accès à la salle où sont entreposés les badges des invités, ce qui, à mon avis, ne concerne que des officiers !

— Crois-tu vraiment que l'Amiral irait jusqu'à dissimuler un meurtre pour couvrir un officier ? continua Robin. La vérité finira par se savoir... tôt ou tard.

Je haussai légèrement les épaules.

— Je ne me sens pas tellement concernée, avouai-je. Alors oui, nous connaissons la vérité... ou au moins, une partie de cette vérité. Après... la communication autour de cette mort... je m'en fiche complètement !

— Enfin... c'est tout de même un meurtre. Ça ne peut pas passer à la trappe si facilement !

— Des tas de choses bien plus importantes passent à la trappe tous les jours.

Robin ne répondit rien et soupira légèrement tout en m'adressant un regard en biais. Un message résonna dans mon oreillette. Je reconnus immédiatement la voix : il s'agissait de Sarah, qui bossait dans notre Salle de Contrôle habituelle.

"Contrôle central à Espace. Nous venons de détecter un objet de petite taille qui devrait normalement passer à Tribord du vaisseau d'ici une dizaine de minutes."

"Bien reçu. Objet céleste à Tribord. Je transmets aux chasseurs."

Je tournai un petit bouton, afin de me mettre sur la bonne fréquence, et annonçai :

"Espace à toutes les patrouilles Tango. Présence d'un petit objet céleste à Tribord, dirigez-vous temporairement vers Bâbord."

"Bien reçu, Livia ! me répondirent en chœur plusieurs pilotes."

"Espace à toutes les Patrouilles Bravo. Préparez-vous à l'arrivée de nouveaux chasseurs, continuai-je."

Eux aussi confirmèrent qu'ils avaient bien reçu le message. En réalité, j'aurai très bien pu décider de ne rien changer et de les laisser en place. L'objet céleste dont il était question était de ceux auquel on ne prête généralement pas la moindre attention, car de taille parfaitement ridicule. Mais, s'il ne représentait aucun danger pour le Méléagre, il pouvait tout à fait endommager un chasseur, voire pire.

Aussi, même si les pilotes étaient – normalement – parfaitement à même de l'éviter, je préférais ne prendre aucun risque et les envoyer un peu plus loin dans l'Espace. Après tout, ce n'était pas comme si nous manquions de place !

Les yeux rivés sur mes écrans, j'observais le mouvement simultané de toutes les patrouilles prendre la direction que je leur avais indiquée. Un ballet de près de quarante chasseurs effectuant la même manœuvre en même temps, c'était la première fois que je voyais une telle chose, et c'était un spectacle plutôt plaisant à regarder. Il ne leur fallut qu'une poignée de secondes pour libérer complètement l'espace à Tribord.

Peu de temps après, l'objet céleste que Sarah m'avait signalé apparut à son tour. Un rapide calcul de trajectoire, et je constatai avec satisfaction que j'avais eu raison de demander aux pilotes de se déplacer. L'objet allait vraisemblablement passer très proche et, d'après ce que je croyais deviner, il était d'une taille similaire à celle d'un chasseur, non négligeable donc.

Soudain, un détail attira mon attention et je me redressai sur ma chaise.

Chapitre 11

Non, je ne rêvais pas ! Deux petits points étaient bel et bien en train de contourner le vaisseau, passant de Bâbord à Tribord. Deux chasseurs. Mais qu'est-ce que c'était que cette affaire ? Je branchai mon micro.

"Espace à tous les chasseurs ! Aux deux qui sont en train de repasser à Tribord, faites demi-tour immédiatement et identifiez-vous !"

Personne ne répondit. Quelques secondes s'écoulèrent et je constatai qu'ils continuaient sur leur trajectoire. Impossible pour moi de les identifier avec précision, seuls les chefs de patrouille portaient un indicatif, pas les autres.

"Espace aux deux chasseurs à Tribord ! Retournez immédiatement à Bâbord ! insistai-je."

Toujours rien.
"Espace à tous les chefs de Patrouille, au rapport !"

Cette fois-ci, les réponses ne se firent pas attendre. Visiblement, et sans que je leur demande, les chefs de patrouille avaient déjà commencé à vérifier la position des pilotes avec lesquels ils faisaient équipe.

"Bravo-2 à Espace, tout est bon."
"Tango-5 à Espace, il me manque un chasseur."
"Bravo-9 à Espace, un de mes pilotes ne répond pas."

Tango-5 et Bravo-9… je notai sur ma feuille. Robin et Justine regardaient leur écran d'un air inquiet.
— Dernier appel ? me demanda ma collègue.

J'acquiesçai et continuai :
"Espace aux deux chasseurs à Tribord, rejoignez vos patrouilles, dernier avertissement !"

Je leur laissai quelques secondes pour réagir mais seul le silence me répondit. Tant pis pour eux, ils allaient se prendre un blâme bien mérité ! Qu'est-ce qui avait bien pu leur passer par la tête ? Bon... qu'elle était la procédure déjà ? Ah oui !

"Espace à Tango-5, contactez le Contrôle Bravo. Espace à Bravo-9, contactez le Contrôle Bravo."

Voilà ! Leurs patrouilles allaient rentrer à bord du vaisseau sans eux. Ces deux chasseurs allaient donc se prendre un rapport de ma part, et un de la part de leur chef de Patrouille. Et, à moins d'avoir une très très très bonne explication, ils allaient en prendre pour leur grade ! Bon. La suite à présent.

Tout en gardant un œil attentif sur mon écran, je décrochai mon téléphone et appuyai sur un bouton. Une voix hésitante me répondit.

"Heu... oui ?"

"Ici la cellule spéciale de Contrôle, me présentai-je. Nous avons un incident en cours."

"Quoi ?"

Je soupirai et fermai les yeux un court instant. Il s'agissait tout de même d'un numéro d'urgence, j'étais censée être en rapport avec quelqu'un d'un minimum au courant, ou au minimum qui aurait su réagir et prévenir qui de droit... comme la Vice-Amirale... au hasard...

"La Vice-Amirale Braust est-elle présente ? demandai-je tout en tâchant de garder un ton posé."

"Oui, oui... vous pensez que je dois la déranger ?"

"Immédiatement, oui !"

"Très bien."

Je l'entendis qui s'éloignait. Quelques voix me parvinrent, suivies de bruits de pas.

"Ici la Vice-Amirale, que se passe-t-il ? me demanda enfin une voix familière."

"Deux chasseurs ne répondent plus et se dirigent vers une zone que je leur ai demandé d'évacuer."

"J'arrive. Identifiez la patrouille à laquelle ils appartiennent et faites-la revenir."

"C'est en cours, Madame."

La Vice-Amirale ne rajouta rien et me raccrocha presque au nez. Je grimaçai. Pourquoi cet incident devait-il tomber sur moi ? Je n'avais pas la moindre envie de la voir, surtout étant donné les circonstances dans lesquelles je l'avais croisée la dernière fois, en sortant de la Salle d'Accoutumance.

Les deux chasseurs se trouvaient toujours à Tribord du Méléagre et, si j'en croyais les larges ellipses qu'ils décrivaient, ne semblaient pas décidés à rejoindre les autres à Bâbord. L'objet céleste s'approchait de plus en plus. L'écran qui m'indiquait l'estimation de la trajectoire clignota légèrement et se mit à jour. Le calcul venait de changer et, à présent, il estimait que l'objet passerait si proche du vaisseau qu'il existait un risque de collision avec nos boucliers. Pour nous, qui étions confortablement à bord du Méléagre, cela n'avait que peu d'importance, mais ce n'était pas une très bonne nouvelle pour les chasseurs.

"Espace à toutes les Patrouilles. Risque de collision entre l'objet céleste et les boucliers, éloignez-vous à Tribord."

Pour eux, enfin… pour ceux qui voulaient bien m'écouter… il était préférable de s'éloigner un peu du vaisseau, pour bien prendre leur distance avec l'objet céleste. Car, si ce dernier venait à réellement entrer en contact avec les boucliers, il risquait d'éclater en mille morceaux qui se trouveraient alors propulsés dans des directions diverses et imprévisibles.

"Espace aux deux chasseurs à Bâbord. Risque de collision. Eloignez-vous du vaisseau."

« Allez à Bâbord, à Tribord, je n'en ai strictement rien à faire, mais ne restez pas là ! »

Evidemment, ils n'obéirent pas. L'inverse m'aurait étonnée de toute manière. Mais, au moins, j'aurais essayé…

— Bon alors, qu'est-ce qu'il se passe, ici ?

Je sursautai, et fis pivoter ma chaise. Je n'avais pas remarqué, mais la Vice-Amirale venait d'arriver. Je lui montrai mes écrans. Bien sûr, elle n'eut pas besoin de mes explications pour comprendre la situation, tellement celle-ci était limpide.

— Vous ont-ils dit quoi que ce soit ? interrogea-t-elle.

— Non, il n'y a eu aucun contact.

— Et leur chef de Patrouille ?

Je désignai Robin, qui s'occupait du Contrôle Bravo et à qui j'avais envoyé les Patrouilles dont faisaient partie les deux chasseurs.

— Les Patrouilles sont en approche, expliqua-t-il en relevant la tête. Elles seront là d'un instant à l'autre.

La Vice-Amirale fronça les sourcils et s'équipa de son oreillette-micro.

"Espace aux deux chasseurs à Bâbord. Ici la Vice-Amirale. Répondez."

Bien sûr, ils ne répondirent pas non plus. D'ailleurs, j'avoue que je l'aurais relativement mal pris s'ils avaient répondu tout simplement car ils avaient entendu dire « Vice-Amirale ». Heureusement, non… ou malheureusement, de leur point de vue. Par contre, la Vice-Amirale semblait contrariée, comme si le fait d'énoncer son grade aurait dû les faire réagir.

— Ne le prenez pas personnellement, ils croient sans nul doute que c'est une blague, expliqua une voix derrière nous.

Surprise, je tournai la tête. L'Amiral se tenait à quelques pas de moi. Depuis combien de temps était-il là ? Je l'ignorais. Mais il avait visiblement entendu la fin de notre conversation. Il me dévisagea rapidement et s'avança, tout en me faisant signe, ainsi qu'aux gens autour, de ne pas nous lever.

— Adjudant Mills ! me salua-t-il en s'asseyant sur la table à côté de moi.

— Les deux chasseurs à Bâbord ne répondent pas, commença la Vice-Amirale en s'approchant de lui, et un objet…

— Je vois ça, Daphné ! l'interrompit-il en désignant les écrans.

Il parcourut rapidement l'ensemble des informations, soupira et tapota sur la table.

— Faites préparer un vaisseau de récupération et un intercepteur, ordonna-t-il en direction de la Vice-Amirale. Une fois l'objet céleste passé, j'aviserai. Vous m'assurez que les chasseurs ne sont actuellement pas armés !

— Absolument, confirma une voix que je n'identifiai pas derrière moi.

Je me retournai – encore – et constatai que deux pilotes venaient d'arriver. Il y avait décidément beaucoup monde dans notre petite zone de contrôle, aujourd'hui ! Discrètement j'essayais de capter tout ce qui se déroulait juste sous mes yeux, et qui ne me concernait pas forcément.

— Et vous êtes ? demanda la Vice-Amirale avec son petit air pincé.

— Les chefs de Patrouille des chasseurs qui ne répondent plus.

— Ils sont issus de deux Patrouilles différentes ? souligna l'Amiral d'un air surpris.

— Oui, Monsieur.

L'Amiral eut l'air un peu dérangé. Il marcha quelques pas et se retourna brusquement vers moi. Je sursautai. Il avait forcément remarqué que j'étais distraite et plus du tout concentrée sur mes écrans.

— Adjudant Mills, avez-vous scanné les différentes fréquences ?

« Oui ! Ça, je l'ai fait. J'ai peut-être l'air de ne pas bosser mais ce n'est pas le cas »

— Oui, mais cela n'a rien donné, répondis-je. Ils utilisent certainement une fréquence courte portée.

— Et ils sont trop éloignés pour que nous les captions…

— Beaucoup trop, oui.

A nouveau, l'écran de calcul de trajectoire se mit à jour.

— Monsieur ! lançai-je à l'Amiral pour attirer son attention.

Pas de réaction.

« Décidément, ce n'est pas mon jour. Personne ne m'écoute ! »

— Amiral, insistai-je.

Enfin, il daigna lever les yeux.

— Qu'y a-t-il ?

— Selon les derniers calculs, la collision avec le bouclier semble inévitable et aura lieu dans… 18 secondes.

— Dans ce cas… il ne nous reste qu'à attendre et…

Une sonnerie l'interrompit. Un téléphone. Il s'agissait du sien, le son venait de sa poche. Il le sortit et décrocha

"Oui ?"

"…"

"Non, vraiment ? Deux chasseurs ne répondent plus ?"

"…"

"C'est inutile. Je m'en charge. Merci pour l'info."

Il raccrocha.

—… et pour la rapidité avec laquelle vous me l'avez transmise, finit-il d'un ton moqueur.

Constatant que je l'avais entendu, il sourit et continua :

— Où en sommes-nous du décompte ?

— 6 secondes avant impact.

Nous n'étions à présent plus beaucoup autour de la table. La Vice-Amirale était partie un peu plus loin avec les deux chefs de Patrouille, je me demandais bien pour faire quoi d'ailleurs… ou pas. En fait, je préférais ne rien imaginer du tout, c'était mieux. L'Amiral prit appui d'une main sur le dossier de ma chaise et se pencha par-dessus mon épaule pour regarder mon écran. C'était légèrement perturbant. Il était si proche que je sentais son souffle dans mes cheveux. J'en avais la nette impression en tout cas ! Ma respiration se coupa légèrement. La situation était vraiment étrange. Je me sentais… perturbée. Perturbée par la présence de l'Amiral juste derrière moi ; perturbée par son regard dont j'avais l'impression qu'il ne fixait pas que l'écran devant nous. Les secondes s'écoulèrent lentement. Du moins… je ne savais pas que des secondes pouvaient être aussi longues. Sans doute parce que je n'osais plus ni bouger, ni respirer. Je me sentais comme pétrifiée par sa présence.

L'objet céleste s'approchait à grande vitesse. Les derniers dixièmes de secondes semblèrent durer une éternité. Puis, l'objet disparut du radar. L'espace d'un court instant, tout redevint calme, normal. Puis, les deux chasseurs à tribord commencèrent à décrire des trajectoires anormales. Des trajectoires d'évitement.

— Ça a explosé, murmura une voix à mon oreille.

C'est effectivement la conclusion à laquelle j'étais arrivée : l'objet céleste, en entrant en collision avec le bouclier du Méléagre, s'était brisé en mille morceaux qui avaient violemment été projetés dans l'Espace. A présent, les chasseurs tentaient de les éviter. Soudain, le signal de l'un d'eux commença à clignoter et disparut de mon écran. L'autre se stabilisa et reprit un mouvement normal.

— Il faut envoyer les vaisseaux de récupération et d'interception, suggérai-je.

Je me surpris à avoir parlé relativement doucement, et sans avoir activé mon micro. En fait, l'Amiral était la seule et unique personne à pouvoir m'entendre.

— C'est exact, me confirma-t-il sur le même ton. Mais il nous faut attendre 20 secondes après l'impact avant de commencer toute action. Question de sécurité pour les vaisseaux que nous envoyons.

Il ne bougea pas. Mais il ne regardait pas l'écran. J'en étais tout à fait certaine dans le sens où il n'y avait rien à y voir. Enfin, il se redressa et se retourna.

— Où est donc la Vice-Amirale ? demanda-t-il, un peu désappointé.

— Je crois l'avoir vue partir avec les chefs des Patrouilles, expliqua Robin depuis l'autre bout de la table.

— Ah...

Il se tourna vers moi.

— Adjudant Mills, envoyez les vaisseaux de récupération et d'interception !

J'acquiesçai et m'exécutai. Les pilotes n'attendaient que mon appel pour monter à bord de leur appareil et décoller. Immédiatement, je vis Justine toucher son oreillette-micro, preuve que quelqu'un venait de la contacter, et me faire signe que tout allait pour le mieux.

— Faites revenir tous les chasseurs. C'est préférable, continua l'Amiral.

A nouveau, je m'exécutai sans me poser de question.
"Espace à toutes les Patrouilles, je veux un rapport fuel."
"Bravo-1 à Espace, sommes bons au niveau carburant."
"Tango-3 à Espace, devons rentrer pour refueler."

Une par une, je passai les Patrouilles en revue et leur attribuai un ordre de retour à bord du Méléagre en fonction de leur autonomie. Puis, je commençai à les envoyer vers Robin, tout en les rayant d'un air satisfait de la liste que j'avais dressée.

En même temps, je vis les deux vaisseaux d'intervention s'éloigner à Tribord vers la zone où les deux chasseurs évoluaient avant l'impact. Le premier, le vaisseau d'interception, était là pour faire en sorte que le dernier chasseur encore présent sur mon écran rentre au vaisseau sans perte ni fracas. Le second, le vaisseau récupérateur, devait se rendre en urgence sur les lieux de désintégration du premier chasseur, afin de porter assistance au pilote ou, au pire, de ramener son corps… si quelque chose restait toutefois à récupérer.

Je passai ma main sur mon visage. Les messages se succédaient à une cadence folle dans mon oreillette et les demandes des pilotes commençaient à me taper sur le système.
"Bravo-4 à Contrôle, devons refueler !"
"Tango-2 à Contrôle, nous…"

Je soufflai un grand coup et, d'une voix que je tâchais de garder calme, je les interrompis tous :
"Laissez-moi en placer une ! Je ne veux plus de messages inutiles sur ma fréquence ! Et le prochain qui me demande à passer en priorité sera relégué en dernier, pigé ?"

Un long silence me répondit. Bon, ils avaient visiblement saisi.
"Je reprends donc, continuai-je. Bravo-8, contactez le Contrôle Bravo."
"Bien reçu, répondit le chef de Patrouille d'une voix bien moins assurée que quelques minutes auparavant. Contactons le Contrôle Bravo."

"Vaisseaux d'intervention à Espace, arrivons sur les lieux."

"Espace à vaisseaux d'intervention, je vous transmets les informations."

En quelques secondes, je lui envoyai les coordonnées actuelles du chasseur encore visible sur mon radar, puis celles de la dernière position connue du second.

"On… on peut avoir des infos sur ce qui s'est passé ? me demanda le pilote d'un chasseur d'une voix hésitante."

« Bah, non. Si je suis restée évasive, c'est pas pour rien. Et puis, j'ai pas grand-chose à dire de toute façon »

"Négatif. On vous fera un point dès que vous serez tous à bord du Méléagre."

Ça, c'était de la pure improvisation, du bluff total. Je n'avais en vérité pas la moindre idée de ce qui était prévu ou non. Mais visiblement, ma réponse lui convint car il n'insista pas.

Tiens ! C'était étrange mais j'avais soudain l'impression de mieux voir. Je levai les yeux et regardai les alentours. Effectivement, la lumière avait été augmentée. Je distinguais précisément le centre du hangar, et tous les techniciens qui s'y affairaient. Ils prenaient en charge les chasseurs qui venaient d'accoster sur le vaisseau, et dégageaient de l'espace pour ceux qui allaient bientôt arriver. Tout semblait bien se goupiller même si les cris fusaient dans tous les sens. Je remarquai aussi la présence de la Vice-Amirale, à une dizaine de mètres de moi, en pleine discussion avec l'Amiral.

« Je n'entends pas ce qu'ils se disent mais j'ai comme l'impression que ce n'est pas un échange de politesse ! »

Petit à petit, les Patrouilles rentrèrent au vaisseau, sans aucun incident ni énervement. Et heureusement, car j'avais eu ma dose de problèmes pour la journée, voire pour la semaine. Par contre, je n'avais toujours pas de nouvelles de la part des vaisseaux d'intervention, et cela commençait à m'inquiéter. Pourtant, je savais bien qu'ils ne me contacteraient pas avant de devoir rentrer ! Mais tout de même, ça commençait à durer longtemps cette histoire !

"Vaisseau d'intervention à Espace. Rentrons au vaisseau."

Enfin ! Ce n'était pas trop tôt ! Bon, pour le moment, ils étaient bien trop loin pour que je les envoie à Justine, ils allaient encore devoir s'approcher un peu.

"Bien reçu."

Puis, je fis pivoter ma chaise et cherchai l'Amiral du regard. Sa conversation avec la Vice-Amirale s'était achevée – et d'ailleurs, je ne vis ma supérieure nulle part. Je devais donc prévenir l'Amiral mais celui-ci ne regardait pas dans ma direction. Allons, bon ! Je ne pouvais tout de même pas me lever et aller lui taper sur l'épaule ! Finalement, il tourna la tête et j'en profitai pour lui lancer un petit signe. Il comprit immédiatement et s'avança :

— Adjudant Mills... du nouveau à propos des vaisseaux d'intervention ? me demanda-t-il en prenant appui sur mon siège.

— Ils rentrent.

— Déjà ? Ils ont fait vite !

Ah bon ? J'avais plutôt eu l'impression du contraire ! L'Amiral sortit son oreillette-micro de sa poche et la synchronisa. Je me tenais prête.

"Vaisseaux d'intervention, ici l'Amiral. Basculez !"

"Bien reçu. Nous basculons."

Aussitôt, j'ouvris la fréquence sécurisée. Sur mon écran de contrôle, je vis l'Amiral s'y connecter et, quelques secondes plus tard, les deux vaisseaux d'intervention apparurent à leur tour. A présent, ils pouvaient communiquer en toute confidentialité.

— Daphné n'est pas là ? s'agaça l'Amiral en se redressant. Adjudant Mills, savez-vous où la Vice-Amirale s'est rendue ?

— Pas du tout, Monsieur.

Il soupira en marmonnant quelques mots que je ne saisis pas. Puis, il s'assit sur le bureau, face à moi, et me dévisagea en fronçant les sourcils. Je détestais qu'on me fixe ainsi... vraiment ! Il se pencha vers moi et dégagea mes cheveux qui recouvraient mon oreillette. Je sursautai, avec un léger geste de recul. Qu'est-ce qu'il était en train de faire ? Puis, il se pencha vers mon clavier et tapa rapidement sur quelques touches.

— Vous avez fait du bon boulot, me lança-t-il. Je viens de vous synchroniser avec nous. Mais…

Il posa son index sur sa bouche. J'acquiesçai en silence. Je ne savais pas trop s'il me demandait de me taire à la fréquence, ou de ne parler de ce qu'il venait de faire à personne… Parce que, normalement, je n'avais absolument pas le droit de me connecter sur une fréquence sécurisée. D'ailleurs, je ne le pouvais pas… et l'Amiral avait probablement entré un code sur mon terminal pour m'autoriser.

"Ici l'Amiral, je vous écoute."

"Ici le vaisseau récupérateur. On a localisé sans trop de problèmes le chasseur dont on avait perdu le signal. Il était encore entier, mais bien amoché par un objet céleste qui avait fissuré sa coque et détruit ses systèmes. Le pilote est inconscient, mais en vie et plongé dans le coma. Selon les premières constatations de notre médecin, ses jours ne sont pas en danger mais nous devons nous attendre à des séquelles cérébrales… si toutefois il venait à se réveiller."

"Je prends note, et l'autre chasseur ? demanda l'Amiral en me lançant un regard que je ne sus décrypter."

"Ici le vaisseau d'interception. Nous sommes rapidement entrés en contact avec le second chasseur. Le pilote était désorienté et paniqué. Il nous a expliqué vouloir simplement faire une blague. Il n'y a pas cru un seul instant, quand le Contrôle a parlé de collision avec le bouclier ou quand la Vice-Amirale leur a lancé un message. Il pensait que c'était juste pour les intimider et les inciter à rentrer. Nous avons réussi à le calmer et il est venu nous rejoindre, de son plein gré, je tiens à le préciser… nous n'avons eu à faire aucune manœuvre d'intimidation et…"

"Inutile d'enrober les choses, il s'expliquera lui-même !"

"Je crains bien que non, Monsieur. Après l'avoir pris en charge, nous nous sommes dirigés vers le vaisseau de récupération pour aller aux nouvelles. Quand il a appris ce qui était arrivé à son ami, le pilote est entré en transe. Avant que nous ayons pu le maîtriser, il s'était emparé d'une arme et… il s'est tiré une décharge dans la tête. Il est mort."

Je restai sans voix, complètement assommée par cet enchainement de nouvelles. Je levai les yeux et vis l'Amiral pâlir. Lui non plus ne devait pas s'attendre à une telle annonce !

"Revenez à bord du Méléagre, ordonna-t-il d'une voix qui ne trahissait pas la surprise qu'il venait d'avoir."

"Oui, Monsieur."

Puis, il me fit signe de couper la fréquence sécurisée. Sans doute regrettait-il à présent que j'ai entendu tout ce qui s'était dit. En tout cas, il s'éloigna rapidement, et sans un mot.

Les Patrouilles étaient à présent toutes à bord du vaisseau et la luminosité continuait à augmenter dans le hangar. Une équipe d'urgence médicale arriva au pas de course et alla se poster devant un sas. Les vaisseaux arrivèrent. Je n'avais à présent plus à me soucier de mon oreillette. Plus personne n'allait m'appeler, ils étaient tous rentrés. Aussi, je regardai ce qu'il se passait autour de moi. Les pilotes s'étaient entassés à proximité des vaisseaux d'interventions. Deux brancards fendirent la foule. Sur le premier gisait un homme inconscient, à côté duquel courrait un infirmier tenant en hauteur une poche d'un liquide transparent. Mais, quand le second apparut, le silence se fit dans tout le hangar : le grand drap recouvrant le corps ne prêtait pas à confusion. J'échangeai un regard gêné avec Robin et Justine.

— C'est moche quand même, soupira mon collègue.

J'allais confirmer quand la Vice-Amirale apparut devant nous. Elle posa ses mains à plat sur la table :

— Je viens vous annoncer qu'étant donné les circonstances, les recherches sont levées pour les 12 prochaines heures. Nous reprendrons demain, à 10h. Gardez un œil sur vos téléphones, car vos plannings vont être changés. C'est compris ?

Sans prendre la peine de voir nos réponses, elle tourna les talons et partit. Visiblement pressés, Justine et Robin échangèrent un regard complice et ne tardèrent pas à s'éclipser à leur tour. Enfin ! Il ne fallait pas non plus me prendre pour une idiote. Vos échanges de regards, dès le moment où la Vice-Amirale était venue nous annoncer la nouvelle, étaient plus qu'évidents ! Pas la peine de se cacher, nous n'avions plus 15 ans !

Restée seule un court instant, je déconnectai mon oreillette et éteignis mes écrans. Dès que je serais sortie, j'appellerais Stan, pour savoir ce qu'il avait prévu. La luminosité était maintenant à son maximum et c'est sans appréhension que je franchis la porte principale du hangar. Mais, alors que j'arrivais au niveau de l'ascenseur, une voix m'interpella.

Chapitre 12

"Adjudant Mills !"

Je me retournai. L'Amiral se trouvait à quelques pas de moi. Il continua d'avancer et s'arrêta à mes côtés. Je souris légèrement. Il avait une idée derrière la tête, j'en étais persuadée. Je l'avais senti dès qu'il était entré dans le hangar. Et puis sa façon de dire "Adjudant Mills" avait un côté érotique, je trouvais. Mais, au vu des événements de la journée, je m'étais mise à douter qu'il se passe quoi que ce soit dans l'immédiat.

— Je sors de réunion avec les pilotes, expliqua-t-il. Ils ont eu du mal à encaisser la nouvelle.

« Ah bah, c'est dommage ! Mais pourquoi me dire ça à moi ? C'est pas comme si j'étais vraiment concernée ! Ni que les états d'âme des pilotes m'intéressaient d'ailleurs… »

— En échange, continua-t-il, je crois qu'ils vont tous filer droit maintenant, et obéir au doigt et à l'œil. Certains de mes officiers pensent qu'après cet incident, nous devrions abandonner les recherches et reprendre notre route. Qu'en pensez-vous ?

« Qui ça ? Moi ? Heu… j'en pense que ce qui s'est passé est dramatique mais on est à bord d'un vaisseau de guerre hein, pas de plaisance ! Si les pilotes ne savent pas dépasser la perte, même stupide, de deux compagnons, je n'ose même pas imaginer ce qu'il se passerait en cas de combat. »

— J'en pense que ce qui s'est passé est dramatique, expliquai-je. Mais on est à bord d'un vaisseau de guerre, pas de plaisance. Si les pilotes ne savent pas dépasser la perte, même stupide, de deux compagnons, je n'ose même pas imaginer ce qu'il se passerait en cas de combat.

« Mince ! Je viens bien de dire ce que je crois avoir dit ? »

Je me mordis les lèvres. En général, j'avais un filtre pour éviter de débiter toutes les âneries qui me passaient par la tête. L'Amiral me fixa d'un air amusé et éclata de rire.

— C'est en substance ce que je leur ai dit ! Mais en essayant d'y mettre un peu plus de diplomatie.

L'ascenseur arriva. Je m'apprêtais à y entrer quand l'Amiral me retint d'un léger geste.

— Etes-vous déjà monté au troisième étage, Livia ?

Ah bah, ça y est ! Nous y étions donc ! Par contre, ce serait bien que nous puissions passer rapidement au tutoiement car, en dehors du boulot, j'avouais volontiers avoir du mal avec le vouvoiement et les formules de politesse. Comme il avait pu le voir, mon naturel assez direct revenait rapidement !

— Je n'y ai jamais mis les pieds.

— Je vous fais visiter ?

Il entra dans l'ascenseur et m'invita à le rejoindre.

— Pourquoi pas, oui ! répondis-je en m'avançant.

L'ascenseur commença à s'élever et il ne lui fallut que quelques secondes pour arriver à sa destination. Les portes s'ouvrirent. Je sortis et arrivai dans une immense pièce, parfaitement déserte mais éclairée d'une lumière blanche intense. Au centre, était disposée une immense table de plus de 10 mètres entourée de nombreux fauteuils, qui semblaient tous plus confortables les uns que les autres. Bizarrement, cette salle n'avait aucune fenêtre, alors que je m'attendais à trouver de grandes baies vitrées, comme dans le hangar. Mais non. Sur ma gauche, la salle se poursuivait en une seconde, simplement délimitée par quelques marches, où deux tables plus petites étaient disposées. Un peu plus loin, je remarquai le poste de pilotage du Méléagre, et les ombres des personnes qui y travaillaient. Sur ma droite, il n'y avait qu'un mur, avec deux portes.

— Je ne comprends toujours pas pourquoi la Vice-Amirale a installé la cellule spéciale de Contrôle dans le hangar, m'indiqua l'Amiral en me faisant signe de le suivre. En temps normal, nous l'installons ici, ce qui est quand même plus confortable.

Il me désigna une partie de la grande table, relativement centrale. Je m'approchai. Ah oui ! Quand même. C'est clair que j'aurais préféré être là plutôt que dans le hangar ! Les écrans étaient neufs, sans le moindre reflet. Et top du top, la machine à café était juste à portée de main ! Il suffisait de se redresser et de tendre le bras pour se resservir !

— En effet, confirmai-je. Ça aurait été largement plus sympathique.

Je tournai la tête, mais ne vis l'Amiral nulle part. Je sursautai légèrement. Ses mains venaient de se poser sur mes épaules et descendaient le long de mes bras.

— A gauche, c'est le poste de pilotage, continua-t-il à voix basse en se penchant vers moi. A droite, il y a des laboratoires, une infirmerie, et diverses salles de stockage.

Ses mains glissèrent de mes bras et continuèrent jusqu'à ma taille. Il m'attrapa par les hanches et m'attira contre lui. Je rejetai ma tête en arrière et la posai sur son épaule tout en ondulant mes fesses contre son entrejambe. Je sentis son souffle dans mon cou et frissonnai.

— Viens avec moi, me murmura-t-il à l'oreille. Mes quartiers ne sont pas très loin.

Sans attendre de réponse, il me prit la main et m'entraîna, sans me lâcher un seul instant du regard. Avec un petit sourire en coin, je me laissai faire et le suivis.

Pourtant, je trouvai la situation vraiment étrange. Enfin, non, pas étrange... mais différente. Lui, l'Amiral, était différent des autres hommes que j'avais pu fréquenter à bord de ce vaisseau. Il était plus âgé, plus sûr de lui, plus charismatique, plus... Amiral, tout simplement. Non parce qu'il ne fallait pas se mentir : le fait qu'il soit Amiral expliquait au moins en partie mon excitation et la moiteur de mes sous-vêtements. Bien sûr, ce n'était pas tout. Il était loin d'être repoussant. Grand, brun pas encore vraiment grisonnant sauf sur les tempes, musculature affirmée, il était un très bel homme. Mais surtout, il dégageait une aura à laquelle je n'avais aucune envie de résister. Et tout cela me rendait, moi aussi, différente... Je me sentais moins sûre de moi, et je ne savais pas trop quoi faire contre ça !

Nous passâmes la première porte et arrivâmes dans une espèce de couloir avec de multiples portes. D'abord plongés dans l'obscurité, les lumières s'allumaient au fur et à mesure que nous avancions, et s'éteignaient peu de temps après. Arrivés près de la seconde porte, il m'attira contre lui et recula jusqu'à me plaquer contre un mur. Ses mains frôlèrent mes seins, puis mes fesses alors qu'il me déposait un rapide baiser. Un peu surprise, je me raccrochai à ses épaules… bien plus musclées que je ne l'avais imaginé.

— Il faut que tu arrêtes de me regarder comme ça, me souffla-t-il. Sinon, je ne réponds plus de rien.

— Vraiment ? Vous croyez ?

Il se recula légèrement. Un petit sourire barrait son visage. Il remonta lentement ses mains sur ma taille et sur mon ventre. Il dégrafa mon pantalon et glissa sa main à l'intérieur. Je frissonnai. Ses doigts avaient écarté mon tanga et massaient à présent mon clitoris, déjà très excité. J'entrouvris la bouche et me cramponnai à ses avant-bras.

— Livia… tu ne comptes tout de même pas me vouvoyer indéfiniment ? me murmura-t-il alors que ses doigts commençaient à caresser ma vulve. Ni m'appeler "Monsieur", j'espère bien !

Je ne répondis rien. Je ne pouvais pas. Il se pencha vers moi et m'embrassa dans le cou. Ses doigts me pénétrèrent, et je lâchai un gémissement en enfonçant mes ongles dans ses biceps. Je mouillai encore plus. Il retira sa main et referma mon pantalon.

— Pour information, continua-t-il à voix basse, je m'appelle Aymeric.

Je hochai la tête. Je ne répondis rien. Je n'avais rien à répondre, j'étais bien trop excitée pour pouvoir réfléchir. Je me hissai sur la pointe des pieds et l'embrassai à pleine bouche.

— Dans ce cas… emmène-moi dans ta cabine, Aymeric.

— Mais… je ne demande que ça !

Il passa son badge devant le capteur et la porte s'ouvrit. Je le suivis. La première lumière s'alluma, éclairant ce que je devinais être un long couloir. L'Amiral s'avança de quelques pas et s'arrêta devant un ascenseur, à l'intérieur duquel il m'entraîna. Celui-ci s'éleva pendant quelques secondes, et les portes s'ouvrirent. Je restai un court moment stupéfaite. La première chose que je remarquai, était que le sol n'était non pas recouvert de carrelage blanc et froid, comme partout ailleurs, mais d'une épaisse moquette, d'un rouge profond. Puis, je levai les yeux. Deux belles consoles en bois noble décoraient ce qui ressemblait à une entrée. Je m'avançai. A ma droite, je passai devant une arche qui semblait mener à une petite pièce plongée dans la pénombre. En face, la même arche, mais qui débouchait sur une grande pièce. C'était étrange ! J'avais l'impression d'être arrivée dans un grand hôtel. En tout cas, je n'avais jamais vu ça à bord du Méléagre, et rarement ailleurs !

A peine arrivés, Aymeric lâcha ma main, et pivota vers moi :

— Veux-tu bien faire quelque chose pour moi ?

— Eh bien… quoi ? répondis-je machinalement.

Il me fit signe de ne pas bouger et s'éloigna. La pièce dans laquelle j'étais arrivée était immense. Il y avait un lit, un bureau avec une dizaine d'écrans, de magnifiques fauteuils disposés autour d'une table basse et proches d'un haut meuble où de nombreuses bouteilles s'entassaient… bref, c'était à la fois une chambre, un bureau un salon et un bar ! L'Amiral contourna son lit et ouvrit une armoire, astucieusement dissimulée dans le mur. Il se retourna et me regarda de bas en haut. Puis, il revint vers moi, une chose que je n'identifiais pas à la main.

— Peux-tu passer ceci ? me demanda-t-il une fois arrivé à mon niveau.

Je baissai les yeux sur l'objet. Il s'agissait d'une robe. Noire. *« C'est quoi ce délire ? »*

— Comment ça ? bafouillai-je.

— Ce sera bien plus confortable que ton uniforme ! La salle de bains est juste à côté.

« Ok… mais c'est un peu bizarre quand même ! »
Je pris la tenue avec un peu d'hésitation. Aymeric attrapa mon poignet. Il se rapprocha de moi et m'embrassa :

— Je nous prépare un verre. Tu me rejoins ?

J'acquiesçai et me dirigeai vers ma salle de bains, sur ma droite. Enfin… c'était une pièce de la taille de ma cabine ! Avec une immense baignoire, et une douche encore plus impressionnante. Rapidement, je me déshabillai et passai la robe qu'il m'avait donnée. Elle était parfaitement à ma taille, courte et très fendue sur la gauche. Et oui, même si je ne comprenais pas pourquoi il m'avait demandé de me changer, je me sentais mieux ainsi. Je décidai aussi de rester pieds nus, mes chaussures de fonction ne correspondant de toute façon pas du tout au style de la robe.

« Je peux au moins en profiter pour faire un raccord maquillage »

J'attrapai le pantalon de mon uniforme et fouillai dans une des poches. J'en tirai un tube de rouge à lèvres et m'approchai d'un miroir. Un dernier geste dans mes cheveux. Voilà ! C'était parfait ! Je ressortis dans la pièce principale et la parcourus du regard. La lumière était tamisée et agréable. L'Amiral était là, confortablement installé dans l'un des fauteuils et en train de servir deux verres. Dès qu'il me vit, il me fit signe d'avancer et me désigna le siège en face de lui. Il s'agissait de ces fauteuils en forme d'œuf, super design. J'en avais eu un sur Terre avant, et j'adorais écouter de la musique dedans ! Bref… tout ça pour dire que je ne voyais que modérément l'intérêt de s'y poser pour boire un verre. Ce n'était pas du tout l'idée que j'avais en tête, et je savais pertinemment que l'Amiral – je veux dire Aymeric – avait d'autres intentions aussi. Il me suffisait d'ailleurs de voir de quelle façon il me reluquait alors que je m'avançais pour en être persuadée ! Il me tendit un verre alors que je m'asseyais.

« Mais… il est parfaitement inutile de me faire boire pour me mettre dans ton lit »

— Alors ? commença-t-il. Comment trouves-tu le travail à bord du Méléagre ?

« Des mondanités… super… »

— C'est très différent de la vie sur Terre. Mais je crois avoir réussi à m'adapter rapidement.

— Tant mieux. Je sais que de certaines nouvelles recrues sont déçues et imaginaient quelque chose de plus palpitant, et de moins monotone.

— Chaque travail, où que ce soit, a sa part de monotonie, c'est inévitable.

Il me regarda avec un air penché et un sourire en coin. Non mais que croyait-il ? Que je n'étais pas capable de tenir une conversation ? S'il voulait, j'avais encore un sacré paquet de banalités à lui débiter, à commencer par la « formidable expérience humaine de cette mission ». Je me sentais à présent beaucoup plus en confiance que tout à l'heure. Sans doute l'effet de la robe. Je levai mon verre et lui rendis son sourire avant de boire une gorgée. Je l'entendis bouger son siège et sentis ses mains se poser sur mes genoux. Je me redressai et posai mon verre sur la table basse alors que ses doigts commençaient à écarter mes jambes tout en remontant entre mes cuisses. Arrivé sur la moiteur de mon sexe, il s'arrêta quelques secondes.

— Tu n'as pas de sous-vêtements ! constata-t-il en recommençant ses caresses d'un œil pétillant.

— Non. Seulement la robe…

Ça, je sentis que ça venait de l'exciter encore plus d'un coup. Je gémis. Il venait de glisser deux de ses doigts en moi. Un troisième titillait mon clito… qui n'avait d'ailleurs pas besoin de ça pour être excité. Un long frisson me parcourut et je fermai brièvement les yeux. Je l'entendis se déplacer. Un second frisson me traversa et je lâchai un petit cri. Je rouvris les yeux. Aymeric était là, agenouillé devant moi, la tête entre mes cuisses, à lécher consciencieusement mon clito tout en me doigtant. Mes tremblements se firent plus intenses. Je me raccrochai tant bien que mal aux contours du fauteuil. D'un geste, il écarta un peu plus mes jambes et me fit tomber à la renverse, au fond de mon siège. Sa langue et ses doigts continuaient d'explorer mon intimité. Je frissonnais, je gémissais… Une de ses mains remonta sous ma robe. Je n'en pouvais plus. J'avais envie qu'il continue encore mais, en même temps, j'avais envie qu'il me mette sa queue. Je me sentais complètement embrouillée, simplement capable de pousser des cris de plaisirs à chacune de ses caresses. Il ralentit lentement le rythme et se recula, ses doigts toujours en moi. Puis, il se releva, tout en me retirant ma robe au passage. Debout devant moi, je me retrouvais à la hauteur de sa ceinture. Je l'attrapai et dégrafai son pantalon tandis qu'il enlevait son t-shirt. Son sexe se dressa devant moi. Je me penchai en avant et le léchai dans toute sa longueur.

Il m'entraîna jusqu'au lit, et m'y fit basculer. Puis, il se plaça au-dessus de moi et me pénétra profondément. J'attrapai les draps à pleine poignée en gémissant. Mes jambes s'enroulèrent autour de ses hanches et j'écartai un peu plus les jambes. Il mordilla longuement mes tétons et remonta lentement jusqu'à mon cou. Je le sentis accélérer le rythme de ses coups de reins. Je m'accrochai à ses épaules avec un léger cri et jouis profondément. Aymeric poussa un puissant râle à mon oreille et éjacula.

Le souffle court, il se redressa et s'allongea. Je me tournai sur le côté et finis par remarquer, après de longues minutes, qu'il s'était endormi. J'étais moi aussi parfaitement épuisée. Cette journée m'avait mise sur les rotules et, sans même prendre le temps d'essuyer le sperme qui coulait entre mes cuisses, je sombrai dans un profond sommeil.

Chapitre 13

J'ouvris un œil et me retournai. Où étais-je déjà ? Ah oui ! Chez l'Amiral. Je tendis le bras, mais le lit était vide. Logique ! J'entendais des bruits qui provenaient de la salle de bains. Je m'assis et regardai l'heure. 8h30 ! Bon. J'avais le temps. Même si je n'avais aucune idée de mes nouveaux horaires de travail, je me souvenais que les recherches étaient suspendues jusqu'à 10h. Je me rallongeai en soupirant. J'avais l'impression que cela faisait une éternité que je n'avais pas eu le temps de me reposer ainsi !

Aymeric sortit de la salle de bains et remarqua immédiatement que j'étais réveillée. Il s'avança vers moi. Je me redressai sur mes coudes. Il était intégralement nu. Et il bandait. Il s'assit à côté de moi et retira le pan de drap qui me couvrait.

— Ça te dit de profiter de la baignoire ? me demanda-t-il en passant sa main doucement sur mes jambes.

— Ça dépend, fis-je mine d'hésiter en avançant ma main vers sa queue.

— Vraiment ? Et de quoi ?

— De si tu m'accompagnes ou non !

Je commençai à le branler doucement tout en le regardant fixement. Il se pencha vers moi et attrapa ma poitrine.

— Mais… je n'avais pas l'intention de te laisser seule.

Il glissa ses mains jusqu'à ma taille et me souleva hors du lit.

— Et il faut que tu arrêtes de me regarder de cette façon, me murmura-t-il à l'oreille et me reposant à terre. Ça me donne envie de… de…

Je lui lançai mon regard le plus lubrique tout en reculant vers la salle de bains. Il s'interrompit et me détailla de bas en haut avec un sourire en coin.

— De quoi ? insistai-je en lui faisant signe de venir avec moi.

Il ne répondit pas. En quelques pas, il me rejoignit et m'entraîna avec lui dans la pièce d'à côté. La baignoire – si tant est qu'il était possible d'appeler ainsi une baignoire de cette taille – était déjà remplie à ras bord. Aymeric tourna un bouton, qui tamisa la lumière et entra dans l'eau. Je le suivis. L'eau était parfaite, très chaude et... mais non ! ce n'était pas possible ! Elle était profonde jusqu'où cette baignoire ? J'atteignis enfin le fond et me retrouvai avec de l'eau jusqu'en haut de mes cuisses. Une main m'attrapa par le poignet et m'attira. Je tombai à genoux. Des bras m'encerclèrent par-derrière et il empoigna mes seins.

— Ça me donne envie de te baiser, me susurra sa voix dans ma nuque.

Je me cambrai un peu et fis glisser son sexe entre mes jambes
— Dans ce cas, soufflai-je, je ne vois pas tellement pourquoi je devrais arrêter !

Je poussai un cri de plaisir et tendis mes bras pour me raccrocher au bord de la baignoire. La puissance avec laquelle il m'avait pénétrée m'avait presque fait vaciller. Son second coup de reins me fit le même effet. Ses mains descendirent sur mes hanches. Sa queue s'enfonça plus encore. Un long orgasme me parcourut. Et cette fois, je glissai pour de bon. Je basculai en avant et me retrouvai la tête sous l'eau. Je ne l'avais pas remarqué avant, mais Aymeric avait soulevé mes jambes et mes genoux ne me soutenaient plus. Son bras me rattrapa et il me ramena contre lui.

— Eh bah alors ?

Je gémis en ondulant contre lui.
— Ne t'arrête pas...

Il ne réagit pas immédiatement et caressa lentement mon dos alors que je reprenais ma respiration. Puis, il se redressa et recommença à me pilonner. Je m'agrippai à nouveau au bord de la baignoire tout en haletant bruyamment. Je frissonnai. Aymeric avait écarté mes fesses et titillait mon anus. Je sentis un de ses doigts glisser un peu plus loin alors qu'il accélérait le rythme de ses coups de reins. A nouveau, je manquai de tomber tant il y allait fort.

Aymeric me retint et je jouis longuement alors qu'il m'introduisait un deuxième doigt.

Nous étions tous deux à bout de souffle. Il se retira et s'adossa à la baignoire. Il avait éjaculé pendant mon orgasme. Je restai un peu sans bouger, à rassembler mes esprits. J'avais beaucoup trop chaud. Quelques secondes s'écoulèrent, et je m'installai à ses côtés. La fraîcheur de la paroi sur ma peau ne dura pas bien longtemps mais me fit le plus grand bien. Je fermai les yeux un court instant. Franchement, j'aurai pu m'endormir…

Une sonnerie stridente me fit me redresser dans un sursaut. Non mais c'était quoi ce truc ? Aymeric me fit signe de ne pas parler et appuya sur un bouton dans le mur, juste au-dessus de la baignoire.

— Oui ?

Une voix résonna dans toute la pièce. Une voix que j'identifiai immédiatement comme étant celle de la Vice-Amirale.

— Aymeric ? C'est Daphné !

— Daphné… que me vaut le plaisir ?

— Certains officiers insistent pour te parler. C'est possible que tu descendes ?

L'Amiral soupira et me regarda.

— Je ne suis pas à leur disposition. Disons à 10h… dans mon bureau.

— Plutôt 9h30 ?

— Et pourquoi donc ?

— Parce que cet entretien concerne les recherches, qui reprennent justement à 10h.

Aymeric m'attira vers lui et je m'installai à califourchon sur ses jambes. Il prit un peu de savon dans sa main et l'étala consciencieusement sur ma poitrine.

— Non. Ce n'est pas possible, répondit-il à la Vice-Amirale.

— Ecoute… avec cet arrêt de déjà 12 heures, autant stopper maintenant les recherches. On ne trouvera rien et on perd du temps… et des pilotes, accessoirement !

— Daphné, je te promets que si un jour tu passes par-dessus bord, je ne te chercherais pas une seule seconde. En attendant… 10h, dans mon bureau.

— Je peux monter dans ta cabine pour t'en parler ?

— Je suis… occupé !

— Ah d'accord, je vois ! A tout à l'heure.

Il tendit le bras et raccrocha.

— C'est ça… à toute à l'heure, marmonna-t-il.

Puis, il se retourna vers moi avec un grand sourire. Sans lui laisser le temps de prononcer le moindre mot, je me penchai vers lui et l'embrassai profondément.

Chapitre 14

Au pas de course, j'arrivai au hangar des chasseurs. J'étais en retard. Ou plutôt… je m'arrêtai net et regardai la table de Contrôle déserte en face de moi. Je sortis mon téléphone de ma poche et notai l'heure. Ah bah non ! Finalement, j'avais cinq bonnes minutes d'avance. Tant mieux. Au moins j'allais pouvoir choisir ma position de travail. Je m'assis à la même place que la veille et synchronisai mon oreillette-micro sur la fréquence de l'Espace. Voilà ! Je devrais certes supporter les discussions de pilotes – même si, après ce qu'il s'était passé, je doutais fort qu'ils abusent de blagues – mais je me sentais en forme et assez reposée ! Et très détendue. Peut-être même un peu trop. J'avais un peu du mal à réaliser que, à peine 10 minutes plus tôt, j'étais encore en train de m'envoyer en l'air. Et pas avec n'importe qui en plus ! Bon, bien sûr, il avait dû se faire un certain nombre de nanas à bord du Méléagre, mais quand même ! J'étais satisfaite de moi. Et, en plus, j'avais passé une excellente soirée, et un début de matinée encore meilleur.

Du coin de l'œil, je vis une ombre arriver et s'affaler sur un siège. Oliver !

— Mais t'es super en avance ! remarqua-t-il en installant son oreillette-micro.

— J'étais dans le coin.

Il leva les sourcils et me lança un regard en biais.

— Ah ouais ? Et c'est quoi ce petit sourire ?

— Je n'ai pas de petit sourire ! répliquai-je en riant.

— Tss… raconte-moi tout !

En silence, je fis pivoter ma chaise. Je n'avais de toute façon pas l'intention de lui raconter quoi que ce soit. Surtout pas à lui ! Il le répéterait dès que j'aurai le dos tourné, je le savais. Robin arriva et s'installa à son tour.

— Finalement, on reprend, soupira-t-il. J'avais entendu des rumeurs comme quoi les recherches étaient annulées. Mais, visiblement, ce n'est pas le cas !

« Ah bon ? Et comment tu peux savoir une chose pareille ? »
Mais je ne relevai pas, c'était préférable. Je me contentai d'acquiescer à la réponse d'Oliver qui affirmait que ce n'était pas si grave.

Lentement, les lumières du hangar se tamisèrent, jusqu'à ce que nous soyons, à nouveau, plongés dans une semi-pénombre. Des bruits résonnèrent et les sas commencèrent à s'ouvrir.

— En simultané ou en décalé ? me demanda Oliver après avoir échangé quelques mots avec les pilotes. Non… ne dis rien, je sais. En simultané !

Je confirmai d'un geste de la main. Pour l'instant, j'étais complètement tranquille, et je n'avais rien à faire mis à part garder un œil sur mon radar. Quelques minutes s'écoulèrent.

"Bravo-1 à Espace, bonjour !"

"Tango-1 à Espace, arrivons à distance du vaisseau !"

"Espace à Bravo-1 et Tango-1, vous pouvez vous disperser."

Voilà ! C'était la raison pour laquelle je préférais les départs en simultané. Deux fois moins de messages à passer. Rapide et efficace. Maintenant, ils allaient faire leur vie et je ne les écouterais plus jusqu'à ce qu'ils me demandent de revenir pour refueler. Rapidement, les autres les rejoignirent. Dans mon dos, l'agitation continuait. Les techniciens s'occupaient de préparer la seconde vague de chasseurs. Le son dans mon oreillette grésilla.

"Heu… Livia ? m'interpella une voix hésitante."

« Tiens ! Un petit malin. Et comment je sais qui tu es, moi ? »
"Oui. Pouvez-vous vous identifier ?"

"Bien sûr… nous sommes Tango-5. Et… nous venons de passer à côté d'un objet suspect. Nous refaisons un passage. Vous ne voyez rien sur les radars ?"

Je me redressai et vérifiai attentivement sur mon écran, tout en zoomant sur la position de la Patrouille Tango-5.

"Contrôle à Tango-5. Je n'ai strictement rien au radar. Tenez-moi au courant de ce que vous verrez."

"Bien reçu. Nous vous recontactons."

— Un problème ? me héla Oliver.

— Je ne sais pas encore…

Je tapotai nerveusement des ongles sur la table. Il mettait du temps à me rappeler. Je n'aimais pas ça. Et puis, ce n'était pas le moment d'avoir un autre incident !

"Tango-5 à Contrôle,…"

« Enfin ! Ce n'est pas trop tôt ! » pensai-je en mettant mon index sur mon oreillette pour être sûre de bien tout entendre.

"… nous pensons avoir repéré le corps de l'Adjudant Traft."

« Je… je… quoi ?? Mais je réponds quoi, moi, à ça ? »

"Contrôle à Tango-5, je… je vous envoie un vaisseau de récupération. Restez à proximité du corps pour… eh bien pour ne pas perdre sa localisation."

"Tango-5 à Contrôle, bien reçu."

Je restai quelques secondes sans bouger, à rassembler mes esprits. La première chose à faire consistait à stopper l'envoi de la seconde vague de chasseurs. Si le corps avait bien été découvert, ils ne servaient plus à rien. Je tendis la main et m'approchai d'un petit boîtier aux multiples boutons tous protégés d'un cache transparent, pour éviter les appuis accidentels. J'en ouvris un, et pressai le bouton sans hésitation. Aussitôt, un voyant rouge s'alluma au-dessus des portes des sas, alors qu'elles étaient sur le point de terminer de s'ouvrir pour laisser entrer les chasseurs. Elles s'immobilisèrent et se refermèrent doucement.

Oliver et Robin levèrent les yeux et je vis dans leur regard qu'ils avaient saisi la situation.

— Je fais préparer un vaisseau de récupération, déclara Robin.

— Et moi, je fais dégager les chasseurs, continua Oliver.

J'acquiesçai tout en décrochant le téléphone.

"Ici la Cellule spéciale de Contrôle, annonçai-je dès que j'entendis répondre. Nous avons quelque chose !"

"Quelque chose ? bredouilla une voix hésitante."

"Voilà ! confirmai-je d'un ton sec. Prévenez vos supérieurs."

Je raccrochai. Je n'avais pas le temps d'expliquer la situation plus longuement, d'autant que je venais de recevoir un message dans mon oreillette.

"Contrôle à Bravo-2, c'est très sympa de proposer votre aide, mais il est préférable de ne pas surcharger la zone de recherche."

Robin leva le doigt pour attirer mon attention.

— Lancement du vaisseau de récupération prévu dans 7 minutes. On en profite pour rapatrier les Patrouilles ? Enfin... sauf celle qui a trouvé le corps, bien sûr ! C'est laquelle ?

— Tango-5. Le hangar est prêt ?

— Il sera dégagé dans 4 minutes, expliqua Oliver alors qu'il discutait au téléphone.

Derrière nous, des cris s'élevaient et des ordres fusaient dans tous les sens. Il leur fallait rapidement reculer les chasseurs pour laisser la place aux autres de revenir, et au vaisseau de récupération de circuler. Ça faisait un bruit infernal !

"Adjudant Mills !"

Je sursautai légèrement et me retournai. L'Amiral était là, devant moi, les mains posées à plat sur la table, le regard rivé sur mon écran.

— Dites-moi, continua-t-il. Est-ce une impression, ou êtes-vous réellement toujours là quand il y a un souci ?

Je ne répondis rien. La situation me semblait en réalité vraiment trop étrange. Je ne m'étais pas attendue à le revoir aussi rapidement. Aymeric continua :

— Bon alors, qu'en est-il ?

— La Patrouille Tango-5 pense avoir repéré le corps de l'Adjudant Traft.

— Vous me préviendrez quand le vaisseau de récupération arrivera sur les lieux !

— Oui, Monsieur.

Ma dernière réponse lui arracha un sourire accompagné d'un éclat de rire étouffé. Il se retourna vers moi et me lança un regard pétillant. La Vice-Amirale arriva au pas de course.

— J'étais à l'autre bout du vaisseau quand j'ai eu l'information, expliqua-t-elle à l'Amiral en m'ignorant complètement.

— Et moi, après avoir rejeté la proposition des officiers sur l'arrêt des recherches, je vais pouvoir leur montrer que non, il n'était pas inutile de persévérer.

— Enfin, il faut bien admettre que les chances étaient très minces et…

— Stop ! Nous avons déjà eu cette conversation à plusieurs reprises.

Je m'écartai un peu en faisant rouler ma chaise. Certaines patrouilles commençaient à rentrer à bord du Méléagre et, entre le bruit dans le hangar et l'agitation autour de moi, j'avais un peu de mal à rester concentrée sur mon oreillette. Enfin, le vaisseau de récupération fut prêt au départ et s'élança en direction de la Patrouille.

Je me retournai vers l'Amiral pour le tenir informé. Il me remarqua immédiatement et arriva vers moi :

— Le vaisseau de récupération est sur les lieux, c'est ça ?

— Il y sera dans quelques secondes.

Il sortit son oreillette, et se synchronisa sur ma fréquence. Dans le même temps, il posa sa main sur le dossier de ma chaise et je sentis ses doigts me caresser légèrement le dos. Je restai impassible. Je crois. Je n'en étais pas vraiment sûre. Car, même si personne ne faisait précisément attention à nous, et que nous étions dans une semi-obscurité relativement intime, il n'était tout de même pas très discret.

"Vaisseau de récupération à Contrôle, sommes en position pour l'interception."

"Contrôle à Vaisseau de récupération, bien reçu, annonçai-je. Contrôle à Tango-5, vous pouvez rentrer. Contactez Contrôle Tango."

"Tango-5 à Contrôle, nous rentrons."

Quelques longues secondes s'écoulèrent. Oliver m'adressa un signe comme quoi toutes les Patrouilles Bravo étaient désormais revenues à bord. Sur ma gauche, je perçus un mouvement important de personnes et regardai. Mais il faisait trop sombre.

— C'est l'équipe scientifique qui va s'occuper du corps, me souffla Aymeric à voix basse.

Je hochai la tête et ne répondis rien.

"Vaisseau de récupération à Contrôle, interception terminée. Nous rentrons."

Je confirmai. Evidemment, ils n'allaient rien dire de plus sur la fréquence... L'Amiral se redressa et marcha quelques pas.

— Adjudant Mills, m'interpella-t-il, je vais passer un message via votre fréquence.

— Heu... très bien !

« En même temps, c'est ton vaisseau. »
"Vaisseau de récupération, ici l'Amiral Diwenn. Pouvez-vous préciser ?"

"Oui, Monsieur. Un instant, je vous prie."

Quelques secondes s'écoulèrent.
"Amiral, ici le Vaisseau de récupération."
"Je vous écoute."
"Sur cette fréquence ?"
"Oui, allez-y !"
"Très bien. La Patrouille Tango-5 avait vu juste et c'est bien un corps que nous avons récupéré. Une femme, d'une vingtaine d'années, portant un uniforme du Méléagre l'identifiant comme « Adjudant Traft » et avec les insignes de pilote."
"Très bien. Je vous remercie."

Visiblement, cela ne faisait plus aucun doute. Il s'agissait bien de Sandra Traft. Petit à petit, la luminosité commença à augmenter à nouveau à l'intérieur du hangar. Le vaisseau de récupération arriva à bord, et l'équipe scientifique se précipita à l'intérieur. La Vice-Amirale s'approcha de la table de Contrôle :

— Nous en avons à présent fini avec cette cellule spéciale de Contrôle. Vos badges pour accéder à cet étage seront désactivés dans la journée et, d'ici à ce soir, vous recevrez vos nouveaux plannings. En attendant, vous pouvez partir.

— Heu… maintenant ? bafouilla Oliver.

— Tout à fait. Maintenant ! Ne le prenez pas mal, mais vous n'avez plus rien à faire d'utile ici.

Elle tourna les talons et alla rejoindre l'Amiral qui échangeait quelques mots avec un officier un peu plus loin.

— En même temps, elle n'a pas tort, souligna Robin en ce levant. On y va ?

Nous quittâmes le hangar et prîmes l'ascenseur. Tout en avançant dans les couloirs, je pianotai sur mon téléphone et envoyai un message à Stan. Puis, j'arrivai à ma cabine, ouvris la porte et m'affalai sur mon lit.

Chapitre 15

Je n'avais pas du tout sommeil et n'étais pas restée longtemps couchée. Je m'étais levée et avais pris une bonne et longue douche. En sortant de ma salle de bains, je constatai que Stan m'avait répondu et me fixait rendez-vous à 18h. Parfait ! Cela me laissait tout le temps que je souhaitais pour me préparer. Après une courte hésitation, j'avais opté pour des sous-vêtements bleu clair. Je les avais passés et m'étais installée devant mon miroir pour me maquiller.

Quelqu'un frappa à ma porte. Surprise, je me retournai. La personne frappa à nouveau.

— Une seconde ! lançai-je en attrapant mes vêtements.

Je m'habillai en vitesse. Qui cela pouvait-il bien être ? Je n'attendais personne ! J'allai ouvrir. Je me retrouvai face à un jeune homme, que je ne connaissais pas. J'en étais absolument sûre et certaine.

— Vous êtes bien l'Adjudant Mills ? me demanda-t-il.

— Heu… oui. C'est pour quoi ?

— J'ai un colis pour vous, expliqua-t-il en sortant un petit paquet de sa besace. Mais, j'ai besoin de votre carte d'identification.

« Un colis ? Qu'est-ce que c'est que ça ? »
J'allai chercher ma carte, et lui tendit.

— Je vous remercie. Pouvez-vous signer là ?

— Bien sûr.

— Bonne journée à vous.

Il me donna le paquet et s'éloigna. Je refermai ma porte et retournai m'asseoir. Le colis était petit – de la taille d'une demi boîte à chaussures environ – et léger. Il n'y avait aucune autre information que mon nom et mon grade inscrits dessus. Bon, et bien, je n'allais pas passer des heures à le regarder, je devais l'ouvrir. Ce que je fis donc.

J'en sortis une robe noire parfaitement pliée. Celle-là même que l'Amiral m'avait demandé de mettre la veille au soir, et que j'avais laissée chez lui ce matin. Un petit papier glissa et tomba au sol. Je le ramassai et lus. « A bientôt. Aymeric ».

Je souris. C'était vraiment une surprise. Et une surprise sympa ! Pas un seul instant je n'avais imaginé recevoir quelque chose de sa part. Ni de la part de qui que ce soit, d'ailleurs. Je pris la robe, et me dirigeai vers mon armoire. Je la pendis sur un cintre, et la rangeai à côté des rares tenues que j'avais emportées avec moi. L'heure tournait, et il était temps que je termine de me préparer si je ne voulais pas être en retard pour rejoindre Stan.

Epilogue

Aymeric se leva de son siège et marcha quelques pas dans son bureau. Puis, il se retourna vers la Vice-Amirale, toujours assise et plongée dans la lecture d'un rapport.

— L'identité du corps est donc confirmée, résuma-t-elle en relevant la tête. Ainsi que les causes du décès : l'Adjudant Traft est bien décédée d'avoir été projetée dans l'Espace, elle n'était pas morte avant.

— C'est ce à quoi nous nous attendions. Nous n'avons toujours aucune information concernant le badge qui a servi à ouvrir le sas ? Il ne porte aucune trace ? Rien ?

— Absolument rien.

L'Amiral fit demi-tour et retourna s'asseoir.

— Très bien ! soupira-t-il après un bref moment de réflexion. Nous ne pouvons laisser courir le bruit qu'il s'agit d'un meurtre. Cela risquerait de déclencher un mouvement de panique incontrôlable. Tu me feras passer un communiqué dans lequel vous parlerez de suicide, compris ?

— Oui, mais…

Elle hésita.

— Mais ? insista l'Amiral.

— Mais… nous ne pouvons cacher un meurtre…

— Il n'est pas question de le cacher, simplement d'éviter que tout le Méléagre soit au courant de ça prématurément ! J'ai vérifié, nous passerons au large d'Igton dans 3 mois. Aucune escale n'était prévue sur cette planète, mais nous en ferons tout de même une ! Nous en profiterons pour débarquer le corps de l'Adjudant Traft, et pour prendre contact avec l'Alliance afin de les informer.

— Et pour le meurtrier ?

— Nous continuons nos recherches. J'espère que nous l'aurons identifié d'ici à 3 mois !

Imprimé par Createspace.